Usuda Hiroshi

Mes Voyages avec
Monsieur De Stendhal

スタンダール氏との旅

臼田紘

新評論

スタンダールの家(祖父の家)。正面 中2階付き3階建ての建物の2階左側

若き日のスタンダール(グルノーブル図書館蔵の粗描から)

祖父の家のぶどう棚のテラス(幼いスタンダールの遊び場)

外交官時代のスタンダール
（スタンダール博物館蔵の肖像から）

◀ モンマルトル墓地の墓

▼ スタンダールが埋葬されることを望んだアンディイの墓地

スタンダール氏との旅

目次

口絵写真

(表) 若き日のスタンダール、スタンダールの家（祖父のアパルトマン)、ぶどう棚のテラス

(裏) 外交官時代のスタンダール、モンマルトル墓地の墓、アンディイの墓地

図版

スタンダールをめぐる旅——はじめに

スタンダールをめぐる旅

わたしはフランス文学、なかんずく十九世紀の作家スタンダール（本名アンリ・ベール）の作品を愛読する者として、ヨーロッパに出かけると、機会をとらえて、この作家に関係する土地を訪ねてきた。

わたしの訪れたのは、ある時は、この作家が生まれ育った町グルノーブルや、のちに滞在した町であり、ある時は、かれが訪れ、あるいは通過し、紀行文やその他の作品のなかで触れている土地などであるが、もちろん、大旅行家のスタンダールの歩いたあとを、すっかりなぞることなどできないし、それを意図したことはない。たとえば、スタンダールが領事として滞在したイタリアの港町チヴィタヴェッキアや、かれが熱愛したミラノの女性メチルドを追いかけて行き苦い思いをさせられたヴォルテッラといった町は、関心はあるもののこれまで訪れる機会がなかった。こうしたことから分かるように、折にふれてわたしが綴った文章には偏りがあるのは言うまでもない。別の例で言えば、かれが『恋愛論』のなかで〈結晶作用〉という有名な比喩を生み出したザルツブルクの塩の鉱山を、わたしはハラインに訪れているが、この一大観光地に関係したことは、とくに理由もなく書かなかった。そんな風な、実に散漫な紀行文をまとめるのは、もっと丹念にスタンダールのあとを追って歩いている人（そういう人がいるとして）から見れば、笑止なことだろう。しかし、これはスタンダール巡りの案内書ではないので、お許しいただくしかない。

　さて、わたしがはじめてヨーロッパを訪れたのは一九七〇年、わたしが三十歳になろうという年のことであった。当時の旅行事情について少し振り返ってみたい。わたしはソ連（現在のロシア）の国内を経由してヨーロッパに辿り着いたが、当時はこの渡航方法がいちばん安あがりだった。行程は、ソ連の船で横浜から（わたしの場合は臨時便で大阪から。この年は大阪万博の年であったことを思い出していただきたい）ナホトカまで行き（二泊）、ナホトカからハバロフスクまで列車（一泊）、ハバロフスクからモスクワまで飛行機、そしてモスクワから西へは列車（二泊）というコースで、帰りはこの逆を辿る。このコースでは、ソ連の外貨獲得政策により、途中モスクワでの二泊が義務付けられていたので、西欧の諸都市に到着するのに一週間あまりかかった。社会主義体制のソ連はさまざまな点で不自由であったが、それさえ耐えれば、わたしには興味を引くものがたくさんあった。それに首都モスクワは、スタンダールが公文書を携え、モスクワ遠征に赴いたナポレオンを追いかけてきて、足跡を印した町である。わたしはソ連船〈オルジョニキーゼ〉号で出会い、モスクワまでのあいだに親交を深めた、画家修業にフランスへ赴く青年と、まる二日間地図を片手にこの大都会の街を歩きに歩いた。朝、宿泊先のウクライナ・ホテルを出て、地下鉄やトロリーバスに乗って、あまり観光客の訪れないいわば下町などを見物した。

わたしはフランスへ入るまえに、モスクワから〈ショパン〉号という列車でウィーンに行き、オーストリア、西ドイツ、オランダ、ベルギーなどを巡って、それからようやく目的の国に入ったが、パリへはブリュッセルからノンストップのTEE（大陸横断急行）の〈ブラバン〉号に乗り、北駅に到着した。国境を越えて、フランドルからピカルディを通過して、イル＝ド＝フランスに入り、次第にパリに近づいていったときの感動は忘れがたい。わたしのフランスについての最初の印象は、車窓から見る景色によって刻まれた。パリ近郊に至り、緑の野原と木立に囲まれた運河から成る穏やかな田園の姿に触れると、本で覚えたドゥース・フランス（美《うま》し国フランス）という表現を想い出した。

わたしよりもっとまえの世代の先輩たちは、船でインド洋からスエズ運河を経由して地中海に出て、マルセイユに到着するコースでフランスに辿り着いた。それには一か月あまりを要したというから、これに較べればモスクワ経由の一週間は、比較にならないくらい短時間であった。しかしそれもまもなく、アエロフロート（ソ連の国営航空）を利用すれば、東京・パリ間を安い航空運賃で飛べるようになり、船と列車と飛行機による一週間をかけての旅は廃れた。そのあとでは、航空各社が低価格で旅客を運ぶようになり、航空路も北まわり（アンカレッジ経由）から北極経由、そして現在のロシア上空を横断する路線が開発されて、東京・パリ間はノンストップで半日の行程になった。為替レートも一ドル三百六十円の固定から変動になって、持ち出し制限もなくなった。それに、第一に、わたしが大学生だった頃は、学生の身分でフランスへ行くことなど想像すらできなかったが、今では若い人たちがその気になればいつでも海外旅行に出かけられるようになった。サッカーのワールドカップがヨーロッパで開催されるとたくさんの人が観戦に押しかける。また外国語をその言語が話されている国で学ぶ研修旅行、短期留学に参加する学生も多い。七〇年代の農協に代表される金をかけた、主要観光地をあれもこれもと巡る大型の団体旅行は流行しなくなった。旅行の手段が変わると同時に、旅行する人の動機などに、同じ観光目的であっても、変化が生じてきたようである。

わたしはこれまで、大学でフランス文学を専攻したこともあって、旅行といえばフランス、もしくは同じロマンス語圏のイタリアやスペインを訪れることが多かった。一時はスペインに夢中になっていた時期があり、フランコ独裁体制のスペイン、そして民主化後のスペインと、首都のみならず、アンダルシアからカタロニアまでを歩いた。スタンダールは、『南仏旅日記』や『アンリ・ブリュラールの生涯』によれば、一八二九年の南仏旅行の際にバルセロナまで足を延ばしたと書いているが、これは眉唾のようだ。わたしの方は、カルタゴやローマの遺跡、そしてイスラム文化の名残を留める町ないし建造物、サンチャゴの巡礼路に沿って点在するロマネスクの建築などを追いかけ、カディスやアルヘシラスといったイベリア半島のはずれまで出かけた。とにかくヨーロッパは、カーボ・ダ・ロカ（ポルトガル）からボスポラス海峡（トルコ）まで、若さにまかせて（といっても三十歳過ぎてからのことだが）旅をしたのだった。

しかし、スタンダール愛好家にとっては、作家がたびたび訪れ、また滞在し、かれの文業の源であるイタリアを訪ねることは不可欠である。わたしは、スタンダールにかこつけて、この豊穣な文化の国で、古代やルネッサンスに触れることができた。そして、スタンダールのイタリア紀行文を読むことで、かれが見たものや訪れた場所をわたしも訪ねてみたいと思うようになり、スタンダールに導かれて探訪することをした。ただ、スタンダールのイタリア紀行文は案内書的要素がほとんどなく、概してそっけない書き方をしていて、かれの触れているものについて、それがどんなものか実地に行ってみなければ分からないものがあり、そのなかには当然ながら旅行案内書に出ていないような一般の観光の対象かけほど遠いものが多数あった。たとえば、パヴィアのイエズス会学院の建造物やアリッチアのキージ館などはその一例である。おかげで、スタンダールを知らなければ素通りしたようなものに目を向けることができたと言えるだろう。また逆に、こちらの不明もあるが、実際にその場所に行ってみると、そこがたいへんな観光地であるのにびっくりさせられたこともあった。マッジョーレ湖畔アローナの聖カルロの立像などがその例である。

あとから考えるのだが、スタンダールに倣って、旅の記録をもっと書いておくべきであった。それは別に紀行文集を出版するとかという目的のためではない。書くことによって、見たものを真に記憶のなかに定着できるのだと思う。そして、それはまた、散漫な感想とは違った、もっと正確な思考を導き出したにちがいない。

※〔参考〕一九七〇年当時の為替レートは、一フランスフランが六五円前後、一イタリアリラが〇・五八円前後。ルーヴル美術館の入場料が三フラン、ウフィッツィ美術館が二五〇リラであったと記憶する。一九九〇年代になると、一フランは二八〜二五円前後、一リラは〇・一三〜〇・〇八五円前後。フランは二〇〇〇年には一八円前後に下落しているが、フランス、イタリアともに物価は上昇している。パリでは、七〇年に三〇フラン程度で泊まることのできたホテル（星一〜二のクラス）は、三〇〇から四〇〇フラン程度になっている。

スタンダール紀行（一九七〇）

——グルノーブル、ミラノ、ローマを歩く

(図１）関連諸都市の位置関係（図２、５、７も参照）

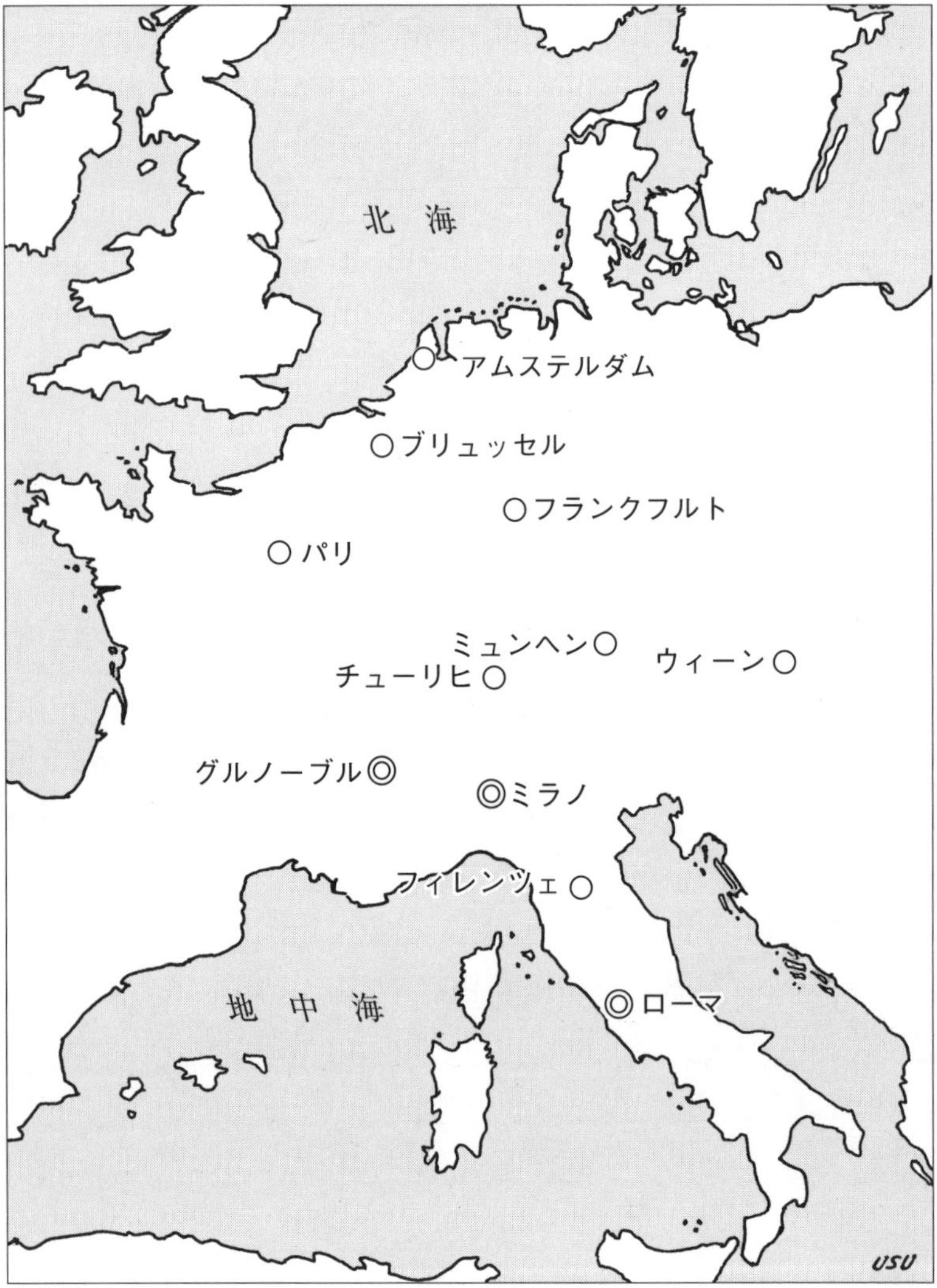

一、グルノーブル

信者が聖地をめぐるあの巡礼を思い出しながら、わたしはグルノーブルの近代的な駅舎を出たのだった。前日、スペインから列車を乗り継ぎドーフィネ地方の入口のヴァランスに至り、そこで一夜を過ごしたのち、この朝、早立ちで、このイゼール県の都邑を訪れたのである。ここはスタンダールの生まれた町、スタンダリヤン（スタンダール愛好家）のメッカである。

わたしは聖地巡礼の思いに、微苦笑をもらしていたにちがいない。そう考えてしまうと、自分自身なんとなく気恥ずかしい思いがしてきたのである。わたしはここに至るまで、ただ行ってみたいという気持ちに動かされて、スタンダールゆかりのいくつかの場所を訪ねていた。それは、エル・グレコの『オルガス伯の埋葬』（トレド）やイスタンブールの黄昏などを見たいと思ったのと同じ好奇心であった。しかし、ここに至って、にわかに聖地の思いが広がり、てれくささに包まれ、しかるのちに、これは奇妙な感動となってわたしのからだを揺すったのである。

日曜日だった。朝の街は静かでほとんど人通りがなかった。わたしはフェリックス・ヴィアレ大通りで、店を開けたばかりらしい文房具店に入り、グルノーブルの地図を求めた。絵葉書などと一緒に置いてあった四フランの町の地図は、わかりやすい地図で、これを頼りに第一の目的地であるグルネット広場に直行した。クール・ジャン・ジョレスを横切り、市立公園にぶつかる手前で右に折れ、すぐ左に曲がると、その突き当りが目的の広場であった。

わたしはこれまでこの広場をどう想像していたのだろう。『アンリ・ブリュラールの生涯』を読めば何度となく現われるこのグルネット広場は、頭のなかに、その姿を映像に結ぶような効果で現われなかったようだ。にもかかわらず、それは先入観か何かを裏切っていたとみえ、わたしはモントルジュ通りの出口、ツーリストビューローのわきに立ちつくしてしまった。広場は朝の光のなかであまりに美しすぎた。現在のグルネット広場は、わずかの車道部分を残して平らな石を敷きつめ、国旗と花壇に飾られ、色彩にあふれていた。そしてこの広場をとり囲む建物も、パリにならったのか、磨かれて白く輝いていた。わたしはべつに古色蒼然とした広場を予想していたわけでもないし、スタンダールの時代そのままの姿があることを期待していたわけでもない。したがって、すぐに、このような美しい広場をむしろとても嬉しく思った。

この細長い広場の奥の四階建て（実際は一階と二階のあいだに中二階を挟んだ三階建てというべきところだ）の建物に、かつてスタンダールの祖父アンリ・ガニョンのアパルトマンがあった。

「かれは一軒の古い家を持っていたが、その家はグルネット広場に面し、グランド＝リュ〔大通り〕の角、真南向きの、町でいちばんよい場所にあった。そして、家のまえには、町でいちばん美しい広場、はりあう二軒のカフェ、上流社会の中心があった」（第三章）

スタンダール自身の家（生家）は、この祖父のアパルトマンのすぐ近くだが、七歳のときに母が亡くなってからは、かれはほとんど祖父のところで暮らしていた。スタンダール、というより、少年アンリ・ベールはこの二階から広場を眺めるのを好んだ。かれは図を描き示しながら、こう書いている。

「冬の午後は、毎日、グルネット広場に面した伯母エリザベットの寝室、A点で、両脚を陽にさらして過ごしていた。サン＝ルイ教会のうえに、もっと正確に言うならそ

の横に、ヴィラール゠ド゠ランの山の台形Tが見えた」（第一六章）

アンリ・ベールはその二階の窓から包丁を落とし、窓下にいた町いちばんの意地悪女をふるえあがらせたこともあった。

スタンダールが『ブリュラール』に描いている広場の地図によると、モントルジュ通りから出てきたところにポンプがあり、その先に栗を売る屋台が出ていて、長方形の他端に近いところに一七九二年に植えられた《自由の木》と称する一本の木が植わっていたようだが、今ではそれらはない。

わたしはスタンダールの祖父の住んでいた建物をひとわたり眺めまわしてから、広場の反対側に行き、カメラのシャッターボタンを押した。わたしはこの広場の入口に立ったときから落ち着きをなくし、どう動いてよいものかわからなかった。とにかく、ほかの用事を済ませてから考えることにしようと覚悟を決め、サン゠ルイ教会のそばの観光案内所に行き、夜の宿をモンブランの麓のシャモニに予約したあと、グルノーブルの資料をもらった。その資料のなかの『古きグルノーブル』という小冊子は、実に「グルノーブル、スタンダールの町」と記されていて、スタンダール巡りのコースが出ていた。わたしはこれを見ながら、今度は別な感慨にふけりはじめた。あれほどこの山のなかの町を嫌っていたスタンダールが、市の印刷物に「グルノーブル、スタンダールの町」と書かれるほどに、今やこの町と切り離せない存在になっているのだ。あの世のスタンダールは、苦笑いしながらも、きっと喜んでいるにちがいない。しかし、そうは謳っているものの、旧市街にはスタンダールの名を冠した通りひとつ、広場ひとつないのはどういうわけだろう。実際、スタンダールの生家のある路地と呼ぶにふさわしい狭い道もジャン＝ジャック・ルソー通りである。一七六八年にルソーがこの町を通過したときに、この通りの二番地に一か月ほど泊まったという理由で命名された。ベール＝スタンダール通りはヴェルダン広場の先の新市街に追いやられている。

ヴィクトル・ユゴー広場の噴水のまえで、わたしは地図ともらったばかりの資料をひろげた。日曜の広場のベンチには、マグレブ地方出身とおぼしい労働者が休日を憩い、一人の東洋人のすることを見守っていた。この広場までくると、イゼール河のむこうに聳えている岩山の旧要塞（バスティーユ）が、街のうえにのしかかるようにして見えた。

わたしは町のなかを東に行き、旧エコール・サントラル、現在のリセ・スタンダール（女学校）のまえに出た。エコール・サントラルは大革命後に設けられた中等教育の機関で、グルノーブルでは作家の祖父などが設立委員となって一七九六年に開設され、開設と同時にアンリ・ベールは入学した。ここでかれが数学に親しむようになったわけだが、本人の言によれば、のちにはこの数学によってグルノーブルから脱出をはかろうとするのだからおもしろい。だが、リセ・スタンダールが女学校であるのを、『恋愛論』のなかで女性教育を論じたスタンダールは喜ぶであろう。

スタンダールの生家は、祖父ガニョンのアパルトマンのグランド＝リュ側に口を開けているジャン＝ジャック・ルソー通りに面している。当時は、過去にイエズス会の施設があったことからヴュー・ジェジュイット通りという名前だった。狭い通りで、その十四番地にある生家の建物は日当たりも風通しも悪く、スタンダールではないが、息のつまりそうな家である。ベール一家の住んでいた三階は、今、臨時のレジスタンス博物館になっている。入口にはこの博物館のプレートのほかに、戸口のうえにスタンダールの生まれた家であることを記したプレートがあるが、ひどく汚れていてやっと判読できるくらいであった。

わたしはこのベール家五代が住んだ、おそらくは十七世紀ぐらいに建てられた建物に入ってみる気になれなかった。そのかわりに道の反対側のレストランに入ろうと思った。ところが店のまえで《本日のメニュー》を読んでいると、建物の上方でほこりをはたいている女がいて、早々にこの路地から退散した。

グランド＝リュに戻り、ガニョンのアパルトマンの建物を裏にまわると、ゴルド広場に出る。その広場に面してこの建物の一階が〈スタンダール〉という名前のレストランであった。わたしはさらに建物をまわった。市立公園に面したそこには、『ブリュラール』にしばしば語られる「祖父のテラス」があった。

「このテラスはサラセンと呼ばれる厚い城壁、十五ないし十八ピエ（五、六メートル）の厚い壁でできていて、サスナージュ山のすばらしい展望台であった。冬にはそこに太陽が沈んだ。夏の落日は、ヴォレップの岩山のうえ、バスティーユのうえの北西であった」（第一六章）

二階からグルネット広場を眺めたり、このテラスにきて遊んだりした幼年時代のアンリ・ベールはとても孤独だったにちがいない、とわたしは思った。自伝の『ブリュラール』を読むと、まわりにいるのはおとなばかりで、しかもかれらに厳しく見張られていたことがわかる。かれが好きな人と嫌いな人が極端になったのも理解できるような気がするし、何よりもスタンダールがのちになって、かれらをあれほど辛らつな調子で描かねばならなかったわけがわかる。そして、自分を取り巻く現実をじっと見ながら、他方ではドーフィネの山々を遥かに望んで夢想に耽っていた様子が浮かんでくる。

わたしは花壇をはさんで旧市庁（一九六七年まで）の建物と向き合う市立公園のテラスのレストランで、プロヴァンスのワインを傾けながら、いつのまにか不幸なアンリを考えて感傷的になってしまった。しかしそれは一瞬のことにすぎない。目の前には、わたしを否応なく目覚めさせる風景が夏の午後の光のなかで色鮮やかに凝固している。花壇は花々に充ち、その向こうの旧市庁舎は十七世紀以来の威容で控えている。左手には、バスティーユのある岩山が、すぐそばのイゼール河の対岸から聳えて、黄色いロープウエイのゴンドラが昇り降りしている。

まもなく、こうした風景のなかの食事に満足しきっていた。そのうち、木の間からポッリときた。わたしが空を見上げているとウェイトレスがどうしたと言う。「雨粒が」とわたし。彼女はうえを見あげて「なんでもない」。しかしすぐに、あちこちのテーブルで空を見あげ、やがて食卓を日よけのしたに移動することになった。だが、少し冷気を含んだ風が一陣吹き抜け、木の葉を揺すっただけで無事だった。

わたしはゆっくり食休みをしてから立ちあがり、正面の旧市庁舎に入っていった。ここに、新しいスタンダール博物館がある。

正面入口から入って左手階下のサロンが博物館であった。開いた扉口をくぐると、こぢんまりした部屋で、壁に肖像画がかかり、ガラスの陳列ケースが並んでいた。アルバイトで番人に雇われたらしい若い女性が一人椅子に座って本を読みふけっている以外、誰もいない。入ったところに、勝手に持っていけるように、展示品の目録が置いてあるが、その山と積み重ねられている具合から見ても、訪れる人はあまりないらしい。

スタンダール博物館は、目録によると、しばらくまえまで、旧市街の東のはずれのオークラン街にあった。それがこの旧市庁舎の修復完成によって移転したのである。そして「それ以来、この博物館は、それが設置されているこの特別な建物にふさわしいように、大部分が一七八三年から九九年までのあいだの、グルノーブルにおけるスタンダールの幼少年時代に関する、選ばれた品だけを置いている」（前書きより）。したがって、展示品は少年時代の署名やエコール・サントラル時代のノート、洗礼証書といったものである。そのほかに、スタンダール、その家族、その友人を描いた数多くの肖像画があり、これらはすでに各種のテクストの写真版で見知っていて、何かしら懐かしい気がした。

旧市庁舎を出て、この建物の裏にまわると、そこは鐘の音がスタンダールに激しい感動を与えたサン＝タンドレ教会である。そして、サン＝タンドレ広場には裁判所がある。ベール家は、アンリの父の代まで三代のあいだ世襲的にこの裁判所所属の弁護士を務めていた。裁判所は、サン＝タンドレ教会とともに中世からの建物だが、教会の持つ中世の修道院といった暗い感じとは逆に、明るい装飾的な正面を持っている。何回となく改修を経てきたため、手の加えられた部分が、それぞれに時代を主張して、おもしろい効果を表しているのだった。

わたしはバスティーユに登るために、ロープウェイ乗場にむかってイゼール河畔を歩いた。トロリーバスが架線にポールをすりつける音を響かせて、わたしを追い抜いていった。

ロープウェイのゴンドラはたちまち高度をあげて、バスティーユまでひと息である。この城砦からの眺めは見事だ。目のした、イゼール河の対岸に赤い瓦屋根の旧市街が広がり、そこに今まで歩いてきたガニョンのアパルトマンのある建物や旧市庁舎といったおもな建造物がはっきりと見える。そしてフランス門橋を渡ったところのバスティーユ広場から、緑の街路樹のクール・ジャン・ジョレスが、街並みをかきわけるようにして、南へ一直線に伸びている。この古い街並みを囲んで新市街が白いコンクリートの建物をもたげている。

しかしここに登ると、グルノーブルがいかに山のなかの町かがよくわかる。イゼール川とドラック川のつくり出す谷がぶつかり、山のなかにY字型の切れ込みをつけているが、その三つの枝が会するところに、町は位置している。あの霞んだあたり、ドラックの流れを南へ少し遡ったところに、ベール家の土地があったクレがあるはずだ。そしてまた、二つの河の合流点を少し下ったサスナージュは、グルノーブルで弁護士となる以前のベール家の先祖が百姓をしていたところだ。そしてこのバスティーユの奥には、グランド・シャルトルーズ、サン＝ローラン・デュ・ポンを越えて、レ・ゼシェルがある。そこはスタンダールの叔父ロマン・ガニョン（母の弟）の家があったところで、スタンダールは『ブリュラール』の一章をさいて「レ・ゼシェルへのはじめての旅」（一七九〇〜九一）を語っている。それまで閉じ込められ、見張られていたアンリ・ベールの、解放された喜びがあふれている章で、「天国に住んでいるようだった」とまで言い、なおかつ「この旅は、すべてがしあわせな、口には出せない、胸をえぐる感動だった。これについては二十ページも最上級を連ねることができるだろう」（第一二章）と書いている。

こうしてスタンダールの生まれた町で、『ブリュラール』によって知るかれの幼少年時代を思い返してみると、何かしら痛々しい感じがする。『ブリュラール』にしても、五十代のスタンダールの回想にすぎないわけで、事実を追憶によってゆがめてしまっているかもしれない。いや、それどころか作意が混じっていないと断言できるであろうか。しかし仮にそうだとしても、ゆがみと思われるものすべてを呑みこんで、その底に、ある真実が響いているようである。ただそれを、旅にあるわたしの感傷性過多になった心が、痛く感じているのかもしれない。

夕暮れが迫った。黄色味をおびはじめた光が谷間に濃く広がりはじめた。スタンダールは一七九九年の十一月、この谷から出てパリに向かった。その後、何度か帰ってくるが、あえてそこに住もうとはしなかった。わたしは、はるかかなたにその頂を見せているモンブランの麓に滞在するため、この谷を出ようと思い、ロープウェイの小屋に向かった。

二、　ミラノ

ゴタルド峠を越えると空の色が変わった。チューリヒを出るときには、陽の色も褪せていて、天候があまりよくなかった。それがアルプスの山あいを登り、長いトンネルを抜けると、この光。わたしは嬉しかった。それに景色がとびきりで、興奮してくるのが抑えがたかった。時どきまわってくる、首から赤い鞄をぶらさげたスイス人の車掌に「あの山は何か」などとやたらと訊ねた。まえの席のカナダ人のマダムも、高い岩のうえから落下する滝を発見したりすると、そのたびにわたしの注意を促した。

電車はやがてルガーノ湖上を渡り、ついにコモ湖畔に出る。たくさんの別荘の建物がしがみつく山の急斜面の底に、木の間を透かして青い湖水が見えた。『パルムの僧院』に巧みに描かれたこの湖は、そのままスタンダールのひとつのイメージになっている。ある絵入りのフランス文学史の本に《スタンダール的風景》と題してコモ湖のカラー写真が入っていたのが思い出される。

コモ湖探訪はあとにして、そのまま終着のミラノまで行った。駅に着くと、ホテル案内の掲示板を頼りにして電話をかけて、部屋をとった。

ミラノ。この町の名の響きは、スタンダールにとって特別なものがあった。『ブリュラール』の終章「ミラノ」にはこう書いている。

「この町は私にとって地上でいちばん美しい場所となった。祖国には少しも魅力を感じない。私は自分が生まれた場所に対して嫌悪を抱き、これは肉体的なむかつき（船酔い）にまでなっている。ミラノは私にとって一八〇〇年から一八二一年まで、いつも住みたいと望んだ場所であった」（第四六章）

しかし、読者のほうはこの一節に満足させられることはない。なぜなら、どうしてスタンダールにとってミラノが「いちばん美しい場所となった」のか等などの、ミラノとスタンダールの関係についてここでは充分に納得させられないからである。「きちがいじみた完全な幸福の一時期」とか、「太陽にあまりに近い部分の空ははっきりと見ることができない。同様の作用で、アンジェラ・ピエトラグルアに対する愛の理性的な物語をするのはたいへん困難である」とは言っている。これは想像をかきたてる。だがその次には、何かしら論理を踏みはずし、読者に許しを請うことと、書けないという告白のうちに『ブリュラール』は終わってしまうのだ。

スタンダールがはじめてミラノに入ったのは一八〇〇年六月、ナポレオン軍の第二次イタリア遠征に従ってのことである。このとき、アンジェラ・ピエトラグルアという女性に紹介されるが、彼女は友人の恋人だった。若いスタンダールは彼女にあこがれ、密かに恋したようだ。しかし翌年のはじめにはミラノを去り、再訪は十年後の一八一一年九月である。この十年間に何人かの女性と恋愛経験を積んだスタンダールは、到着早々アンジェラに会いに行き（彼女はかれをなかなか思い出せなかった）、数日後には恋を告白する。こうしてこの年および一八一三年と、ミラノにおけるアンジェラとの有頂天な生活が展開される。そして、一八一四年王政復古となり、スタンダールは失職し、いわば亡命者となってミラノで暮らすことになる。再びアンジェラとの恋の生活が約束されているはずだったが、この年すでに彼女は別れ話を切り出す。あとは、かれから逃げようとするアンジェラとの、お定まりの口論と和解の繰り返しである。それでも彼女との関係は一八一五年いっぱいまで引き延ばされる。これには狂熱と苦にがしさがつきまとう。

しかしながら、スタンダールにとってミラノがもっと意味深い町となるのは、一八一八年にメチルドことマチルダ・デンボウスキーと出会うことによってである。スタンダールはこの女性に深く思いを寄せたが、彼女は冷たかった。かれが追いかけ、手紙で気持ちを告白すると、彼女のサロンへの出入を制限した。かれは報われない情熱を抱いたまま、一八二一年傷心のうちにミラノを立ち去る。この恋から生まれたのが『恋愛論』であり、この閉ざされた情熱がかれの著作のあちこちで美しいパッサージュを開花させることになるのだが、そのミラノ出発のつらさを『エゴチスムの回想』で次のように記している。

「この町にずっといたら死んでしまうと思っていたが、魂をもぎとられる思いだけだけで、そこを立ち去ることができた。いや、私はそこに人生を置いてきたように思われた。メチルドのそばでの人生は何たるものだったたか。そこから遠ざかるために踏み出す一歩ごとに私は息をついていた」（第一章）

スタンダールはこうして、コモ、ルガーノと通って、ゴタルド峠を越えていった。そしてパリに戻ると、いつも、遠くこのミラノの町を、恋しい人への想いをこめて、思い出していた。そしてついに自分の墓碑に「ミラノの人」と刻ませようと思いつく。

わたしはその日、暮れてから中央駅近くのホテルを出て、ミラノの町を歩いた。近代的なビルディングの建ち並ぶ大通りをレプブリカ（共和国）広場に出ると、そこから旧市街がはじまる。石畳の狭い市電通りをドゥオモ（大聖堂）のある町の中心に向かって歩いた。街は暗く静かで、歩いている人はあまりいない。時どき、ホテルの玄関やレストランの入口が明るく現われて、そのなかに談笑する人々の影がうごめいた。ドゥオモまでは遠い道のりだった。窓に特徴のあるこの町の古い家々のあいだを、辿り着く希望をなかば失いながら歩きつつ、恋人を想い夜の街をあてどなくさまようスタンダール、恋人の窓下に佇み、そのカーテンの動きに想いをかき乱すスタンダールをしのび、いつのまにかかれの心境をわたしの気持ちが追いかけているのであった。

やがてスカラ座広場に着いた。さすがにこのあたりにくると、観光客も数多く、照明された広場は車と人とでにぎわっていた。スカラ座の建物それ自体は、あの絢爛たる桟敷席を想いつかせないようなミラノ風の簡素な正面で、光のなかに沈んでいた。オペラがはねて、石畳に蹄と車輪の音を響かせて馬車で家路をたどる人びとが見えるようである。スタンダールはそうした常連の一人であり、かれの紀行文ではスカラ座が「世界一の劇場」と賞賛され、ここで観たオペラの感動が記されている。

わたしはヴィットリオ・エマヌエーレ・アーケードを抜けて、ついにドゥオモのまえに出た。照明を浴びたこの巨大なゴシック建築は、大きく飛び梁（フライイング・バットレス）を広げて、今にも夜の闇のなかに飛び立とうとしているかのようであった。

ドゥオモ広場に面した一軒のリストランテで遅い夕食をした。近くのテーブルにイタリア人の二人連れがいて、夫婦のようだが男は年配で女は若くかわいらしかった。男がとても心をくだいて女をいたわるので、ついつい凝っと見てしまったが、女がそれに気づいて少しはにかんだ。そのあと、スカラ座のまえで、腕を組んで歩いているこの二人に再び出会ったとき、女は、今度はニッコリ笑った。

翌日、地下鉄を利用して再びドゥオモに行き、この大建造物の内部を見学したり、屋上に上ったりした。スフォルツァ城やサンタ・マリア・デッレ・グラッツィエ教会も訪問した。しかしこうした名所もさることながら、普通の家々の佇まい、街路に満ちているこの町独特の雰囲気がとても気に入った。それをどう表現しようか。あとで訪れたフィレンツェの、狭い路地が入り組み、灰色の石造りの建物が立ちふさがる、あの暗い、いかにも中世を思わせる感じ、陰謀と剣の響きが想到される感じと対照的に、ミラノの明るい窓と黄色い壁土は、知的で、ロマンチックなものを感じさせるようだ。

わたしはスカラ座わきから、スタンダールがはじめてミラノへきたときに勤務先のあったブレラ街をとおり、ナポレオンの銅像（カノーヴァ作）が中庭に立つブレラ宮殿（現在は美術館）からマレンゴ広場の方へ足を向けた。フランス軍のミラノ入城の記憶が湧きあがり、『パルムの僧院』の書き出しが思い出されるが、これらを秘めている街はただ静かに当時と同じ佇まいを見せているのであった。

夕方、中央駅のトラットリアで食事をしていると、モデナだかで電子工業関係の技師をしているという青年と相席になった。かれはミラノが工業都市であり、観光として見るべきものはないときっぱりと言った。それまで町のなかをあちこち散歩しつつ夢想に耽っていたわたしは、歴史が感じられるとかあいまいなことを答えたが、客観的に、歴史といえばイタリアにはローマのような都会があるし、やはりイタリア最大の工業都市が今のミラノであることを認めなければならないようだった。

この青年は日本の工業生産に関心を示し、賃金や労働力について知りたがった。自分の知りえるかぎりを答えてから、わたしは工業に関心がないことを伝えた。工業生産力と経済成長率をその政府が誇っている国からきた人間のあまりに失望させる言葉だったかもしれない。それでも一時間あまり喋った。

コモ湖へはミラノ北駅から私鉄電車に乗った。郊外の平野をしばらく走り、山のなかに入ってきたなと思うと終点のコモで、この間一時間十分ほどである。湖は南北に細長く(五十キロメートル)、そのなかほどで二股にわかれて人の字型をしているが、コモの町はようやく湖尻に位置する。ここは湖の出入口にあたり、湖は北に行けば行くほど険しい山に囲まれるようである。

『パルムの僧院』の主人公ファブリス・デル・ドンゴが生まれたこの湖のほとりのグリヤンタの城館とはどのあたりをスタンダールは考えたものだろうか。

「この城は、あの崇高な湖から百五十ピエの台地のうえ、おそらく世界にも類のない位置にあって、湖の大部分を眼下におさめる要害であった」（第一章）

そして第二章には《グリヤンタ近隣の魅力的な場所》についてかなり長い有名な描写がある。

「城と向かい合い、城からは絶好の眺めとなっている対岸のメルツィ館、その上方のスフォンドラータの神聖な森、湖をたいそう逸楽的なコモ支湖と、レッコの方に走っている峻険さにあふれた支湖の二つの枝に分ける突き出た岬。これら崇高と優美さにあふれる眺めは、世界で最高の名声をえているナポリ湾の風光に匹敵し、少しもひけをとらない」

地図を見ると、グリヤンテ村とかドンゴ村というのがある。スタンダールがこれらの名前を借用したことは明らかである。

わたしは湖水を船で渡ってみたかった。北のスイス国境に近い奥まで進んでみたかった。しかしそれは時間的にむずかしい。残念だったがあきらめてコモの近辺を湖に沿って歩くだけにした。百日紅の花がさく散歩道をベラッジョの方へ少し行くと、静かで人もいない。道に沿った湖畔の別荘は静まりかえっている。

この湖を『パルム』に描いたスタンダールは、しばしばこのミラノの奥座敷ともいうべき湖にやってきた。アンジェラと二人のときもあった。この湖畔の散歩道を歩きながら別れ話をしたのかもしれなかった。

わたしはミラノにおけるスタンダールの恋愛を考える。スタンダールは幸福な思い出に苦しくなり、自伝を書き続けることさえできないわけだが、その恋愛でスタンダールが狂喜したのに反して、アンジェラに熱がなかったことはすぐに感じられる。そして裏切りという決定的事実。傍目からは、この恋愛は決して幸福なものではない。そのあとに来るスタンダール最大の恋愛にしても同じである。メチルドはスタンダールの気持ちに少しも応えなかったし、いわばまったくの片想いだったのである。

わたしはこの相貌の異なる二つの恋愛のなかに、ひとしく不幸なスタンダールを見る。恋愛の夢想家の幸福な悲劇性、といった言葉も思いつく。いずれにしても、かれはやはり恋愛の実践家ではなかった。かれはまず、小さな滅びやすいものに心を動かされる感じやすい人であり、自分を感動させるものと、自分のその感動を大切にする魂であった。スタンダールはそうした感動のために、想いつづける不幸のなかにいなければならなかった。

わたしは引き返して、船着場からマルコーニ公園の方へ向かった。このあたりは観光客が多く、並木道のベンチや公園の木陰でアイスクリームを食べたりお喋りをしたりしている。遊園地からは子供のはしゃぐ声が響き、おとなたちもベビー・ゴルフに興じたりしていた。糸杉を背にしたベンチで、わたしは曲がりくねって山のなかに消えていく湖をしばらく眺めていた。ヨーロッパ随一の水深を誇るこの山の湖は、神秘的なかげりもなく、光の乱反射のなかに、明るく輝いているのであった。

三、　ローマ

フィレンツェに滞在して、ローマ日帰りを敢行した。おそらく、このような愚かしいことをする旅行者はいないのではあるまいか。これには種々の事情があってのことだが、わたしにとってのローマは、今回、ジャニコロの丘に上ることだけで目的が足りた。

フィレンツェ七時五十五分発の一輌編成ノンストップ特急でローマ着十一時七分。テルミニ駅に着いてただちに帰りの列車の座席を予約した。十七時四十分発の特急〈ヴェスヴィオの矢〉号である。ローマ滞在わずかに六時間三十三分。

名所旧跡にあふれるローマをわずか半日で見ようなどとは思わないし、第一不可能である。それでも、わたしはジャニコロの丘に上る目的に、少し寄り道を加えることにした。

まずヴェネト通りから少しはずれたボルゲーゼ公園わきの涼しいリストランテで昼食にした。それからスペイン階段、ピンチョの丘、ポポロ広場を通ってテヴェレ河を渡り、サン・タンジェロ城を見ながらサン・ピエトロ大聖堂へ出て、そして目的のジャニコロの丘である。

ジャニコロの丘は、ローマ市内の西方、ヴァチカン市国の南のテヴェレ河沿いに、屏風のように聳えていて、丘全体が公園になっている。丘の西側は石積みの堅固な壁になっていて、その壁の外側を道路が走っているが、はるか下方の谷あいは緑の多い住宅地である。一方、東は切り立った崖で、その縁に立つと、どこからも、ローマの市街がパノラマのように広がり、一種の展望台を形成する。

スタンダールはこの丘のうえに立ってローマ市街を眺めながら、自分がどんな人間だったかを知るために書こうと考えつく。そして『アンリ・ブリュラールの生涯』のあの書き出しがくる。

「私は今朝、一八三二年十月十六日、ローマのジャニコロ丘、サン・ピエトロ・イン・モントリオにいた。見事に晴れ渡っていた。かすかに感じられるシロッコの微風がアルバノ山上にいく片かの小さい白雲を漂わせ、心地よい暑気が空気中に漲っていた。私は生きることにしあわせだった」（第一章）

サン・ピエトロ・イン・モントリオ教会はジャニコロの丘の南端の中腹、ガリバルディ遊歩道に面してある。聖ペテロ磔刑の地に建てられた寺院である。現在の教会はいつの時代に建立されたものだろうか。その茶色の壁は剝げかけていて、小さく目立たない建物である。その寺院のまえの広場がテラスになっていて、丁度正面にフォロ・ロマーノを望む恰好の展望台で、望遠鏡まで備えつけてある。

わたしはここにはじめて立って、すぐにこの場所がスタンダールの時代にも古代ローマの史跡を見渡す有名な展望台だったにちがいないと気がついた。するとなぜかおかしくて仕方がなかった。おそらく、判然としないまでも、わたしはスタンダールの記したこの場所を、スタンダールと結びつくだけの特定の場所のように考えていたのだ。この場所はスタンダールが独自に見つけたわけではない。それなのに、どうしてこんな風な先入観を持ったのだろうか。発見した真実にとにかくネジが緩んだように愉快になった。

夏の夕方に近いテラスは、わずかに傾いた陽光が教会の質素な正面を輝かし白砂のうえにはねかえっていた。散水器が静かに回転してその砂のうえに水をうっていた。テラスの手すりにもたれていた二人連れが車で立ち去ったあとは誰もいなかった。

「古代と近代の全ローマ、墓と水道の遺跡を持つアッピア旧街道から、フランス人によって造られたピンチョの見事な庭園に至るまでが、眼前にくりひろげられる」

スタンダールはこう続けている。わたしは正面にコロッセオの巨大な建造物を見、そのうしろ左手にサン・ジョヴァンニ・イン・ラテラノ教会の塔を見つけた。だが、スタンダールの望見したカエキリア・メテラの墓やケスティウスのピラミッドはどこだろう。わたしは地図を頼りにして探したが、このテラスから現在見ることが不可能のように思えた。現在！　はたして過去においても本当に見えたのだろうか。おそらくこれらはアヴェンティーノの丘に視界を遮られているのだろう。ローマは何と言ってもセプティ・コリ（七丘）の町である。ジャニコロから見渡せるのは、それらの丘の麓のトラステーヴェレ、カンポ・マルツィオから丘の頂にかけて、あるいはその背後に伸びあがっている円屋根や尖塔だけである。

実際、疑って見れば、『ブリュラール』の書き出しにはあやしげなところがある。第一、「一八三二年十月十六日」にスタンダールがローマにいなかったことは、今日でははっきりしている。スタンダールのローマ滞在は十月二十日から十一月五日までである。かれは「今朝」と言っているが、これがその当日に書かれたという根拠もない。

ところが、『ブリュラール』は第一章が三ページあまりのところで途切れ、次のように書いているから、また余計な推論が入る。

「私は一八三五年になって、やっと先を続ける」

これは一般にどうとられているかというと、スタンダールは「続ける」のではなく、前三ページを含めてこの年にはじめて書き出したというのである。

スタンダールは一八三一年四月十七日以来、ローマ北の港町チヴィタヴェッキアの領事であり、ローマにはよくやってきていたが、この年も十一月八日から十二月四日まで、当地に滞在している。だが、三二年を三五年としても、何かしらすっきりしない。そこには事実を考えることの徒労があるようである。

わたしとしても、あの『ブリュラール』の冒頭が事実であるか否かを確認するためにこの丘にやってきたわけではなかった。あの文章が私をわざわざここまで来させるほどにわたしを魅了したからであり、老年を間近に控えたスタンダールの感慨と結びついた場所について知りたかったからである。まさに、あの冒頭で重要なのは事実ではなく、この感慨なのである。

自分は何ものだったのか、にはじまり、次には魂の内部をいかに書きあらわすか、という問いを発しながら「嘘をつかないためには如何に多くの心づかいが必要なことか！」と回想に入っていく。そして五十代のスタンダールは掘り出した自分に驚き、夢想に耽る。

「私はこれら〔愛した女性たち〕の名前と、彼女らが私にさせた驚くべき愚行を深く夢想していた」（第一章）

夢想に耽っているのはどこでだろう。アルバノ湖畔のベンチでだろうか。それともローマの宿かチヴィタヴェッキアの領事館でペンをとりながらだろうか。

実際、スタンダールが、回想でありながら夢想である『ブリュラール』の冒頭で、このテラスに自分と読者を立たせたことは正しかった。この幾分構えた冒頭は、まもなくスタンダールの想念を屈折なく反映する直截的な文体にとってかわっていくのだが、自己を深く夢想に誘い、読者を引き込んでいく一種のスターターに似た力がある。ここでは、スタンダールの感慨を拒絶反応なく読者の心に浸透させる表現を、このテラスに負っている。

五十歳のスタンダール。かれは一応の地位と金を得てイタリアにいたが、かれの心はもう半分はイタリアを去っていた。あの若い頃の強いあこがれは、ミラノでの幸福な日々を経験して以来歳月が流れ、今や老年への入口にいるかれには遥かなものとなった。パリから遠く離れて、かれには「流されている」感じもあったことだろう。わたしにはそうしたスタンダールのさすらいの気持ちといったものが、かれの「一般的考察」と呼ぶ『ブリュラール』第一章、第二章に読み取れるような気がする。「私は一生を無駄にしなかった」とか「不幸ではなかった」という一方、恋人に逃げられたこと、大佐になれなかったこと、金に困っていたことの現実が告げられる。幸、不幸といった気持ちのありようが一個人の内部で現実とどうかかわるかは知らないが、ここには感傷と真摯の入り混じった真実が表現されている。そこには現在自分自身が身を置いている境界というものが強く反映されている。

わたしはまたスタンダールのなかにのめりこみ勝手な夢想に落ち込みそうであった。だが、時を忘れる危険に気がついて、そこを離れ、テヴェレ河に向かって下りはじめた。フォロ・ロマーノのわきを通り、コロッセオのまえに出た。ここでもフランスの城でおこなわれているあの《音と光》が、夏の夜をかりそめの幻想で彩っているらしく、そのポスターが道々に貼り出されていた。

コロッセオの近くでタクシーを拾い、テルミニ駅へ急いだ。そしてすでに発車のベルの鳴っているわたしの列車に飛び乗った。

グルノーブル詣で（二〇〇〇）

グルノーブル〔Grenoble〕フランス南東部、アルプス山脈中の都市。豊富な水力を利用した発電やアルミ工業などが盛ん。アルプス観光の中心地。スタンダールの生地。人口一五万（『広辞苑』第五版）

（図２）グルノーブル旧市街

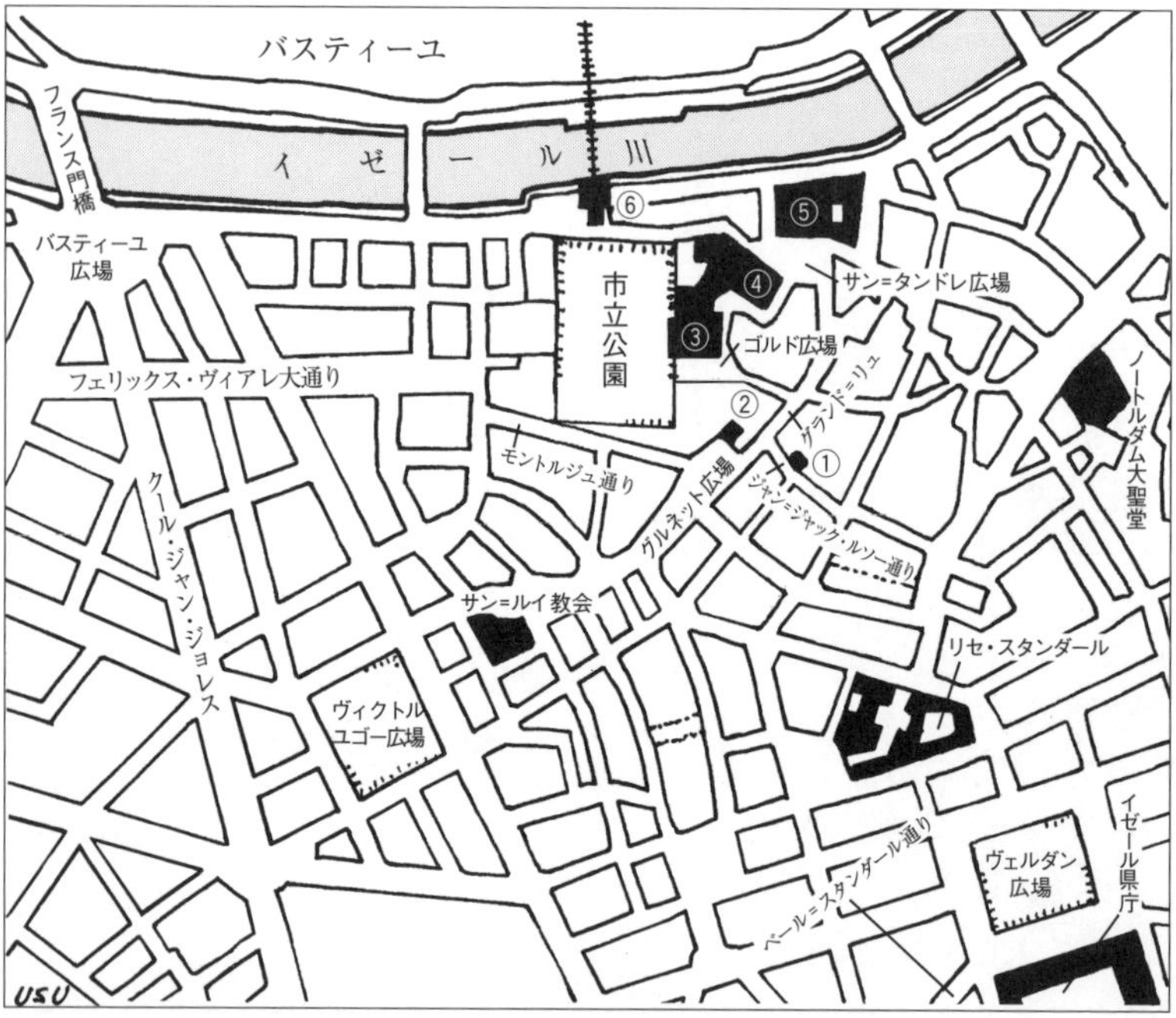

①ベールの生家　②ベールの祖父のアパルトマン　③旧市庁舎、スタンダール博物館
④サン＝タンドレ教会　⑤裁判所　⑥テレキャビン乗場

グルノーブル詣で（2000）

はじめてグルノーブルを訪れたのは一九七〇年のことだ。それから三十年を経て、今回で四度目のグルノーブル行きを果たした。この町は、わたしがながらく親しんできた作家スタンダールの生まれた町である。スタンダリヤンにとって、いわば聖地であり、この土地を訪れるのは聖地巡礼の感がある。アルプスに近いフランス南部のドーフィネ地方の山中、イゼール川とドラック川の作り出す盆地のなかにこの町はある。その様子は、この町の北側に海抜四百七十メートルの高さで聳える岩山のバスティーユ（要塞）に登れば一望できる。イゼール川は蛇行しながら、東にあたる左の新開地のあいだを流れてきて、右正面の霞んだはるか彼方から流れてくるドラック川に、この岩山の麓を右にまわったところで合流している。町はこの二つの川に挟まれた扇形の土地のうえに、とりわけ、赤い瓦屋根の古い町は扇の要に近い部分に乗っている。これをとり囲むように、建物は次第に高層となり、緑のなかでそのコンクリートの白さが目につく。

それにしても、この三十年でこの町もずいぶんと変わった。もっと古い時代を知る人にとってはなおさらのことだろう。第一に、パリからおよそ六百キロの距離をＴＧＶ（高速列車）に乗れば三時間で到着するのは驚きである。十時三十六分にパリのリヨン駅を出た列車は、十三時四十一分にはグルノーブルに到着する。リヨンやディジョンといった沿線の大都市に寄ることもなく、ノンストップである。しかも列車は満席。そんなにグルノーブルに行く人がいること自体不思議な気がした。時刻表で調べてみると、夏には直通列車が一日に七本もある。他にシャルル・ド・ゴール空港発のＴＧＶまでもある。

三十年まえは、パリからグルノーブルへ行くのは大変だった。日本の東海道線にあたる幹線のパリ・マルセイユ間を走る列車で、五時間から六時間かけてリヨンまできて、一日に何本もない支線に乗り換え、次第に山のなかに踏み込む感じで、ほとんど一日がかりだった。それが今では東京・大阪間を新幹線で行くのと同じ時間で首都と結んでいる。フランスのＴＧＶは、在来線と同じ幅のレール上を走るので、リヨン付近からグルノーブルまでは昔からの支線を相変わらず走っているが、ここも昔は単線ではなかったか。

こうしたＴＧＶ効果かどうか知らないが、町が賑わっているのにも驚いた。今まで訪れた三回のうち二回は、同じ夏のヴァカンス・シーズンだったが、町はもっと静かだったように記憶している。とりわけはじめてこの町にきた七〇年には、その印象が強い。夏の日盛りのなかで、町は静かに眠っているようだった。そのひっそりとした石畳を、歩きまわった自分の姿が浮かんでくる。

二度目にこの町にやってきたのは、一九七八年の九月も半ば過ぎだった。スペインを歩いて、バルセロナからモンペリエ経由でパリに帰ろうとしていた。ところがリヨンまできて、鉄道のストライキにぶつかり、動けなくなってしまった。リヨンで一泊したあと、たまたま、グルノーブル行きの列車が動いていたので、ストライキの終わるのをこの町で待つことにした。天候は悪く雨模様で、日没も急速に早まっていた。荷物の大部分をチッキにしてモンペリエからパリに送ってしまっていたので、寒さに震えながらこの町で一日を過ごした。日中、石造りの建物のあいだを歩いても、人通りはまばらで、夕方食事に出ると、街路は暗く、漏れてくる光を頼りにレストランを探したが、それさえも容易ではなかった。滞在のほとんどの時間を安ホテルの部屋でベッドにもぐって過ごしたように記憶している。

今や、人の波が町のあちこちに押し寄せ、とりわけ町の中心のグルネット広場界隈は賑わっていた。何軒ものカフェが広場の中央にまでテラスを広げ、日除けのテントが広場を覆っていた。そのカフェのなかにはビストロ・ロマンなどというチェーン店もある。そして広場の入口にはギャルリー・ラファイエットというパリのデパートが店を開いている

（以前はヌーヴェル・ギャルリーというデパートだったはずだが買収されたのだろうか）。グランド＝リュは勿論のこと、昔は暗い通りだったスタンダールの生家のあるジャン＝ジャック・ルソー街までもが、ブティックに侵食されはじめている。そしてグルネットの反対方向サン＝ルイ教会まえの通りにはマクドナルドのような世界的なチェーン店、フナックなどのパリの店の支店が客を集めている。広場という広場にカフェ、路地という路地にブティックがあふれている。

かつてトロリーバスの走っていた街路は、今では（一九八七年以来）、アコーデオン型の連結で二輛が繋がった全長三十メートルもの長さの路面電車が、ワンマンで優雅に走っている。サン＝ルイ教会まえの広い通りからグルネット広場をかすめて、リセ・スタンダールの方へと走っていくトラム（電車）の姿は、新しい風景を生み出しているが、グルネット広場の反対側、祖父の二階のアパルトマンから広場を眺め、遠くの山を眺めていた幼い未来の作家は、これを見て子供らしく喜んだであろうか。

わたしが前回、つまり三度目にこの町を訪れたのは、スタンダール生誕二百年の一九八三年の夏だった。もう二十年近くもまえになる！　前年からパリに滞在していたわたしは、グルノーブル出身の友人に招かれ、グルノーブル郊外のヴィヴィエの別荘に泊めてもらった。このとき、町はスタンダールで町興しを図っているような感があった。スタンダールはこの山中の故郷を嫌っていて、中等教育を終えるとパリに出て、再びこの町に住もうとはしなかったのだが、生誕の土地であることは間違いない。おそらく、スタンダールがいなかったら、この町の名は、今ほど世界に知れ渡ったかどうか。ベルリオーズの生まれた町、また革命期にはパリでのバスティーユ占領に一年も先立って王国に反旗を翻し蜂起した町であり、なおかつ近くは一九六八年に冬季オリンピックの開催地であったのだが、それらはどの程度記憶されているだろうか。グルノーブルは、スタンダリヤンのひいき目の部分を差し引いたとしても、やはりスタンダールの町である。

この年、一九八二年から八三年にかけて、グルノーブルを中心にスタンダール関連の催しが次つぎに開かれていた。リセ・スタンダールのまえの駐車場になっていた場所に、市の観光案内所の立派なビルディングが建ったのは、その直前頃だろう。名産といえば、胡桃《くるみ》とその加工品ぐらいで、オリンピックを招致したり、ドラック川の流域に工場を誘致したりして地域の活性化を図ってきたが、町には恒久的な観光の目玉といったものはなかった。結局行き着いたところが、世界的な文豪を生んだ町という観光戦略だったのだろう。町では、スタンダールに関係する名所巡りのパンフレットを作成して、観光案内所に積みあげた。また生誕二百年の行事予定を冊子にして配布した。そこには、スタンダールの愛したオペラの上演、アリアのコンサート、スタンダールの生涯をかれの自伝から辿る芝居の上演などが、展示や講演会やシンポジウムなどとともにあがっている。

町はこの記念の年に、町のスタンダリヤンたちの肝煎りで、スタンダールが幼少年時代を過ごした祖父ガニョンの住まいを買い取って公開した。グルネット広場に面した建物の二階に位置して、グランド＝リュの二十番地から入り、中庭に接した石造りの螺旋階段をあがっていく（この建物には中二階があるので、アパルトマンは三階にあるように思える）。建物は裏側で町の公園に面していて、スタンダールの家、正確には祖父のガニョンの家は、公園側にテラスがある。トレイユ（ぶどう棚）に覆われたテラスは未来の作家の好みの場所だった。そのそんなには広くないアパルトマンとテラスにはじめて立ち、自伝『アンリ・ブリュラールの生涯』を思い起こしながら、何となく感無量になったのは、こちらが愛好家だからにちがいない。実際、『アンリ・ブリュラールの生涯』というグルノーブルでの幼少年時代を綴った自伝があったからこそ、なおさらスタンダールはこの町の作家なのである。これを読んでいなければ、このアパルトマンを訪れても何の感興も湧かないのではないだろうか。

グルノーブルのスタンダールに因んだ名所を歩くには、一日もあれば充分である。旧市庁舎のなかにあるスタンダール博物館、スタンダールの生家、祖父のアパルトマン、かれの通学したエコール・サントラルの面影を一部に残すリセ・スタンダール、そしてかれの好んだ鐘の音が時を告げるサン＝タンドレ教会、父親が弁護士を務めて出入りしていた裁判所（そこはまた『赤と黒』の主人公ジュリヤン・ソレルのモデルとなったアントワーヌ・ベルテが裁かれたところでもある）、父親が建てた建物。それらはほとんどグルネット広場からイゼール川までの狭い地区に固まっている。つまり、旧市街はいかに狭かったかが分かる。

生誕二百年の記念の年、わたしを別荘に招いてくれた友人の父親（もとリセの先生で定年退職していた）は、わたしがスタンダール愛好家だと知ると、車でスタンダールの父親の別荘だったフュロニエールに連れていってくれた。それはグルノーブルからドラック川を溯ったクレという場所にあり、幼いスタンダールが息抜きのひと時を過ごした土地だった。今も個人の別荘になっていて、建物のなかには入れないが、外からその佇まいを窺うことができた。広い庭に囲まれたどっしりとした大きな建物であった。その家の幼い子供たちが、庭の樹木のしたに出したビニール製のプールで水遊びしている姿が印象的だった。

今回も、わたしは町のなかのスタンダール関連の名所を一巡りしてみた。スタンダール博物館では、常設の展示（これはスタンダールの各種肖像画、出生と死亡の記録文書コピー、『アンリ・ブリュラールの生涯』の草稿の一部等など）のほか、「スタンダールとドイツ」という企画が組まれ、スタンダールのドイツにおける足跡が辿られ、作家が愛読したドイツの作家の著書などが展示されていた。また祖父ガニョンのアパルトマンの方では、スタンダールに関係する最近のいくつかの書籍が展示即売されていたが、驚いたことにスタンダールのプロフィールの彫刻されたキー・ホルダーが百五十フランで販売されていた。買わなかったが、あとから考えると、町ではスタンダールの家の保存に費用もかかることであろうし、そのために役に立つなら買うべきだったのだろう。再びトレイユに立つと、その狭い世界のなかで幼年時代を過ごしていた子供が、フュロニエールの庭で解放された喜びは、あらためて痛いほど分かるように思った。アパルトマンにも、スタンダール博物館と同じく、見学者が記すノートが置かれていたが、そこではやはり、全然おもしろくないという感想と、感動的だという感想の両方が対立していた。

わたしは、グルノーブルで五泊したが、そのうち二日はグルノーブル市立図書館でささやかな調べものをした。ここのスタンダール・コレクションは生誕の町だけあって、フランスで（ということは世界で）もっとも充実している。アルマン・カラッチヨやヴィクトル・デル・リットといったスタンダール研究の第一人者のいたグルノーブル大学が、スタンダール研究のひとつの牙城であるとすると、市立図書館はその研究を支える縁の下の力だと言っていいだろう。この図書館からは二冊のスタンダール文献所蔵目録が刊行されているが、その一冊は、初版本など活字になった作品の目録（一九〇〇年まで）であり、もう一冊は自筆原稿の目録である。わたしは先に刊行された前者を持っていたが、このたび、主任司書のモンロジエ氏から後者の方もいただいた。こうした所蔵目録掲載の文献のほか、図書館には数千点の印刷文献が収蔵されている。これはカードのほか、コンピュータで検索できる。特別閲覧室では、基本文献が手にとれるようになっているだけで、必要な文献はカードに書いて請求する。パリのトルビヤックに開館したミッテランの名を冠した国立図書館は、すべてがコンピュータ化されていて、ＩＣカードの入館証をコンピュータに挿入し、検索して、請求すると、書庫からロボットが探し出してきて、文献がカウンターに届いたことは、座席のランプによって知らされるという方式になっているが、グルノーブルではそこまではコンピュータ化されていない。しかし、ここでも研究者がノートパソコン持参で仕事をしているのを見て、わたしは世の中の変化を感じた。もっとも今の若い研究者には当たり前のことで、何を言っているのかと嗤われるかもしれない。

図書館では、わたしは、『一八一七年のローマ、ナポリ、フィレンツェ』の初版本を是非見せてもらいたかった。これは特別保存に入っているので通常は原物を手に取ることはむずかしいのだが、モンロジエ氏の好意で閲覧することができた。わたしはこの作品を翻訳しているが、邦訳は一九五六年に出たアンリ・マルティノの評釈版にしたがって行なった。ずっと気になっていた箇所がいくつかあり、コピーやマイクロフィルムでもよかったのだが、それを初版で確認したかった。スタンダールの場合、生前に出版された著作は原稿が残っていないので、初版本がそれだけ大きな意味をもつのだ。わたしが閲覧させてもらったのはパリのドゥローネーから出版されたものだが、同じ本は、同年にロンドンでも刊行されていて、どちらが先に出たものか分からない。グルノーブル図書館には両者が所蔵されている。

図書館では、快適に仕事をさせてもらった。あらかじめインターネットで図書館のホームページに接続し、開館時間など情報を得ていたため、訪れて閉館していたなどという手落ちはなかったが、短期滞在というわずかの時間であったので、もっとゆっくりと文献調査ができればよいと思った。ここを立ち去るときモンロジエ氏に礼を言いにいくと、必要なものがあればコピーなどを請求するようにと言ってくれた。

滞在の一日は、古書店巡りに費やした。昔、何軒か見て歩いた店があったのだが、それらは、今はない。モードの店に変わっていたり、観光客の呼び込めそうな店に変わっていたりした。そこで、電話帳を調べて、掲載されている古書店の所番地を書き取り、地図を見ながら訪ねるという方式でまわってみた。ジベールというパリに本店のある大きな書店でも古書を扱っているが、主として使用済みの教科書で、特に見るべきものはなかった。しかし、スタンダール関係の文献はどこもわずかで、ある一軒でミシェル・レヴィ版の『ロマン・エ・ヌーヴェル（小説集）』（一八五四）ほか数点を購入した。そこの書店では、

グルノーブル詣で（2000）

ある一人の研究者が放出したという研究書が書庫にあるからと言ってくれ、これをあとで見にいったが、ほとんどが持っていたり、自分にとって用のないものであったりした。せっかくだから何点かの古い研究雑誌を買おうとしたところ、代金をとらなかった。

フランスの夏は日没が遅い。八月の下旬でも暗くなりはじめるのが八時過ぎであり、食事もおのずと遅くなる。レストランのテラスに八時半頃行き、食前酒にパスティスなどを啜っているうちに暗くなる。そして食事が終わるのが十時過ぎになる。

ある晩、食事が終わってから、バスティーユにのぼった。公園裏のイゼール川のほとりからテレキャビンに乗る。これも昔は箱型ゴンドラのロープウェイだったが、今は六人乗りの丸いカプセルのようなキャビンが五個並んだもので、これが上り下りする様子は町のあちこちから見えるのだが、なかなか可愛らしい。夏は夜の十二時まで運行している。夏の夜のバスティーユは夕涼みに絶好である。町のうえに地上二百六十メートルあまりの高さで屹立しているのだから、町の夜景が一望である。目の下のイゼール川をフランス門橋で渡ったバスティーユ広場から、一直線に延びるクール・ジャン・ジョレスとブールヴァール・ガンベッタが太い光の帯となってはるかな山の麓の方にまで延びている。車のあかりが町を囲む高速道路の位置を教えてくれる。旧市街のサン＝タンドレ教会の鐘楼や裁判所の古い建物は青白い光で照明されているが、あとはオレンジ色の光が渦となって瞬いている。

涼しい風に吹かれて、あのあたりが県庁、市役所などと推測を巡らしながら、町の夜景を眺めているうちに時の過ぎていくのを忘れた。光が少しずつ消えていくのを見て、はじめて町は眠りに就きつつあることを覚って、わたしの方もホテルに戻るためにテレキャビン乗り場に急いだのであった。

グルノーブルを去る日の朝は雨だった。滞在中、日中の気温が摂氏三十五度にまで上昇することもあるかと思えば、夜間に雨が降って冷えびえとした朝を迎えることもあった。山中の気候の変わりやすさが予想できた。晴れると空気が澄み渡り、夕方は通りの先に見える山々がバラ色に染まって美しい。しかし曇ると暗く重苦しく、視界は閉ざされる。冬の晴れた日には、雪を頂いた山々が町を取り囲んで、町は盆地の底に凍りついて沈み込むのだろう。この町に閉じこめられるとなれば、スタンダールのように、町を出たいという思いも強くなるだろうが、現代では交通手段がいくらでも外部と結び、まして首都と三時間あまりで結ぶとなれば、どうなのだろうか。山の気候によって閉塞感を抱くこともあまりないのではないだろうか。旅行好きのスタンダールであれば、ＴＧＶを大いに利用したことであろう。そんな空想をしながら、十時四十八分発パリ行きの列車に乗り込み、窓外を飛び去っていく雨に煙るグルノーブル郊外をぼんやりと見送った。

スタンダールのパリを歩く（二〇〇四）

（図 3） パリ概念図

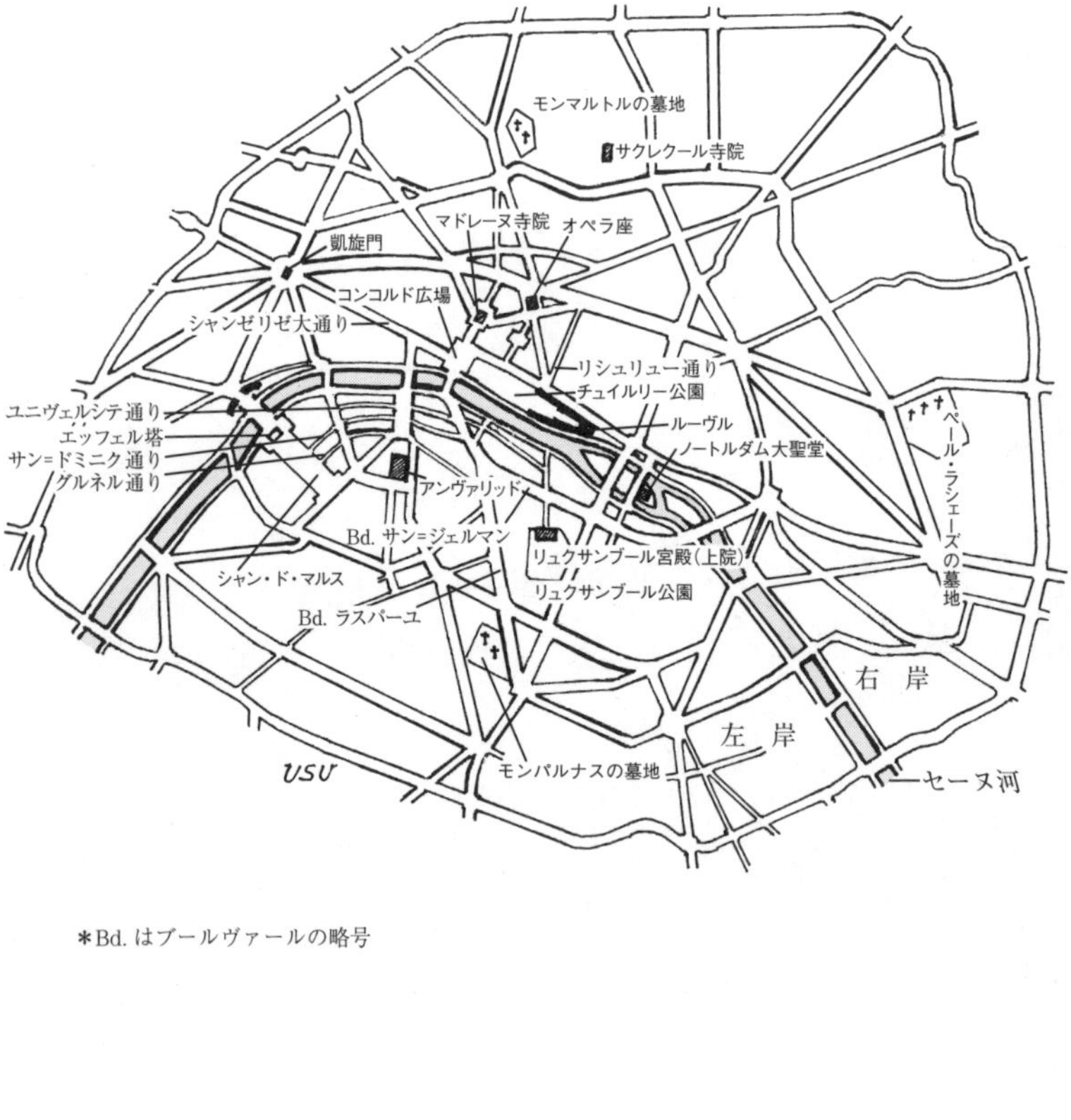

モンマルトルの墓地
サクレクール寺院
マドレーヌ寺院
オペラ座
凱旋門
コンコルド広場
シャンゼリゼ大通り
リシュリュー通り
チュイルリー公園
ユニヴェルシテ通り
エッフェル塔
ルーヴル
サン=ドミニク通り
ノートルダム大聖堂
グルネル通り
アンヴァリッド
ペール・ラシェーズの墓地
Bd. サン=ジェルマン
リュクサンブール宮殿（上院）
シャン・ド・マルス
リュクサンブール公園
Bd. ラスパーユ
右 岸
左 岸
USU
モンパルナスの墓地
セーヌ河

＊Bd. はブールヴァールの略号

スタンダールことアンリ・ベールが、エコール・ポリテクニーク（理工科学校）に入学するために故郷のグルノーブルを出て、パリに到着したのは一七九九年十一月十日のことである。それは革命暦ではブリュメール（霧月）十九日にあたり、ナポレオンが政権を奪取した有名な事件の翌日だった。そのときアンリ・ベールはやっと十六歳と九か月であった。

ベールは、自伝『アンリ・ブリュラールの生涯』の第三五章で、「ブルゴーニュ通りとサン゠ドミニク通りの角にあるホテル」にロセ氏に連れてこられたと書いている。グルノーブルから同行したロセ氏は、どうやら、上京ついでに、グルノーブルとその周辺から出たことがなく、生まれてはじめてパリへ上る青年ベールを、パリの宿まで連れて行く役割を担わされた人物のようだが、詳しいことはわかっていない。この宿は、当時ポリテクニークの入っていたラセー館（ブールボン宮に接続する建造物、現国民議会議長公邸）に近かったことから、ポリテクニークを受験することになっていたアンリ・ベールのために、同郷の友人たちが予約しておいてくれたホテルだった。ブルゴーニュ街にあったためにオテル・ド・ブルゴーニュという単純な名前が付いていた。ベールは、引用したように「サン＝ドミニク通りの角」と書いているが、実際は、ブルゴーニュ通りとグルネル通りとの角のグルネル街三九番地（現在の一一七番地）にあったようだ。ベールにはこの手の記憶ちがいが少なくない。

かれは倹約のためにすぐにホテルを出て、アンヴァリッドの整列した樹木の植え込みが見える「ユニヴェルシテ通りとサン＝ドミニク通りのあいだにある部屋」に引っ越した。そこはほとんどポリテクニークの学生だけを置いている下宿屋で、ベールの同郷の先輩たちも身を寄せていたことがあった。しかしここでも、記憶はあいまいで、かれが『ブリュラール』に残した地図のクロッキーでは、その家はサン＝ドミニク通りとグルネル通りのあいだに存在していて、こちらが正しいようだ。その建物があった住所は、十九世紀の後半に区画整理され、タレイラン通りが開通して今では消えている。

ユニヴェルシテ通り、サン＝ドミニク通り、そしてグルネル通りは、いずれもセーヌ河左岸に河と平行して、アンヴァリッドのエスプラナード（広場）を跨いで長く伸びている通りだが、ベールの住んだアンヴァリッドの東側は、貴族の館も多く、落着いた住宅街であり、現在でも官庁と住宅の混在した静かな地域である。その地域にはアンリ・ベールの母アンリエットの出であるガニョン家の遠い親戚にあたるダリュ家の屋敷もあった。ベールがこの近辺を離れなかったのは、不案内のパリで、唯一の親戚の近くを離れないように祖父アンリ・ガニョンから忠告を受けていたからかもしれない。

ベールは、アンヴァリッドの下宿にも長くいなかったが、実際かれが次に移ったのは、やはりサン＝ドミニクとグルネルのあいだにあって、もっと東に寄ったバック街であった。その六二番地は、今では、ブールヴァール・サン＝ジェルマンとブールヴァール・ラスパーユの開通でできた五差路の角に出てしまっているが、その番地にあった建物のなかに部屋を借りた。かれは『ブリュラール』の第三六章に、「突然私の目には、バック通りに面した四階の部屋にいる私自身が浮かぶ。今日ではすっかり美しくなりかわってしまったパッサージュ・サント＝マリーからこの住居に入るようになっていた」と書いている。ここで出てくるサント＝マリーのパッサージュ（小路）は、現在ポール＝ルイ・クーリエ通りに変貌している。

ベールはすでにアンヴァリッドの下宿で胃を悪くしたようで薬を呑んでいたが、このアパルトマンに移ってきて、病気はさらに深刻になった。見知らぬ都会での一人暮らしは、ホームシックも手伝って、かれに肋膜炎を起こさせ、ベッドから起き上がれないような状態を引き起こした。祖父アンリ・ガニョンの従兄弟にあたるノエル・ダリュが見に来て、医者を呼び、看護婦を付けてもらって、回復に一か月近くかかったという。結局ベールはダリュ家に連れて行かれ、そこで暮らすことになる。ダリュ家の館は、一七九八年にノエル・ダリュが七万五千フランという大金を注ぎ込んで購入したものだったが、ユニヴェルシテ通りよりさらにセーヌ河に近い通りで、ブールボン宮から建設中のオルセー宮（一八四〇年完成、現在のオルセー美術館の場所）の裏を通ってサン＝ペール通りに至るリール街の五〇五番地（現在の七九番地）にあった。そこは、オルセー美術館前のセーヌ河岸からグルネル通りに抜けるベルシャス通りがリール通りと交わる十字路の南東の角にあたる。現在、その角は新しい建物に建てかえられているが、ベルシャス通りに面したすぐ裏側にダリュ邸の名残が見られる。ベールは『ブリュラール』にこう書いている。

「病気のあと、ダリュ氏の家の三階のひと部屋にいる自分が目に浮かぶ。〔…〕。この部屋は四つの庭にのぞんでいて、かなり広く、半屋根裏であった」（第三六章）

アンリ・ベールがエコール・ポリテクニークの受験を断念したのはいつのことだろうか。おそらく病気で倒れる以前に、もはや気持ちは固まっていたのだろう。心のなかでは、モリエールみたいになりたい、劇作家になろうという少年時代からの思いが燻っていて、断念するのに未練がなかった。一八〇〇年の二月はじめには、ノエル・ダリュの長男で、当時ライン軍支払命令官だったピエール・ダリュ（のちに陸軍局長を経て陸軍大臣）に連れられて「イルラン＝ベルタン通り（現在のベルシャス通りの一部で、グルネル通りからヴァレンヌ通りに至る部分）のはずれの」陸軍省事務局（おそらくはオルセー館）を訪れ、そこで働き始めているから、パリにきて三か月にもならないうちに、方向は決まった。そして、五月七日、アンリ・ベールはナポレオンの第二次イタリア遠征の監督官に任命されたピエールにしたがって、パリを出発する。

スタンダール＝ベールが一所不住の生涯を送るのは、この時が運命の分かれ道だったのだろう。生涯住居を持つことなく、家庭を持つことなく、旅につぐ旅、いわば根無し草の人生のはじまりである。郷里のグルノーブルを捨て去り、首都にも安住することはなかった。かれは一生のあいだに二十八回パリに来ているが、「パリへの旅」はあっても、永住しようとはしなかった。そして二十八回目のパリで、その舗道上に倒れて五十九歳の生涯を終えている。

いちばん長期に渉ってパリに腰を落着けたときでも、二年三か月である。パリを本拠地と考えると、近くのロンドンへの一か月とか三か月の旅行はパリ滞在のうちと数えることができるかもしれない。しかし、出発まえと帰着後ではホテルやアパルトマンを変えて、住所の定まらないベールには、パリを一時的に帰るべき土地と考えても、本拠地の意識はなかった。

ベールは一八〇二年イタリア遠征から帰ると、一年ばかりのあいだに、ヌーヴ・サン＝トーギュスタン街、アンジヴィリエ街（現在では区画整理により消滅）とセーヌ右岸を移り住むが、一八〇四年に郷里のドーフィネ地方から戻ると、はじめは以前に宿泊したアンジヴィリエ街のオテル・ド・ヴィル・ド・ルーアン、リシュリュー街、メナール街と右岸に住むものの、そのあとは一八一〇年に役職（参事院書記官、帝室資産検査官）に着くまで、ユニヴェルシテ街、リール街、ユニヴェルシテ街の延長にあたるジャコブ街、コロンヴィエ街（現在のジャコブ街の一部であり、ボナパルト通りと交わる地点からセーヌ通りに至る部分）という具合に再び左岸住まいになる。

役職を得て（もちろんピエール・ダリュの世話で）グルネル街一二七番地のシャトレ館にあった役所に出勤して、一人暮らしに不足のない俸給をもらえるようになると、少し高級なアパルトマンを探して、右岸のチュイルリー公園近く、ヌーヴ・ド・リュクサンブール通り（現在のカンボン通り）とモン＝タボール通りの角の建物（もと会計検査院があった場所の向かい）の五階に住むことになる。ここは、一八一四年に王政復古となり職を失って、イタリアに立つまでのパリでの住まいであった。そこからミラノ、モスクワ、ドイツ戦線、そして再びミラノに出かけ、そこへ帰っているので、落着かないとは言え、ベールには最初で最後の帰るべき家だった（一八一〇年十月〜一四年七月）。左岸には、一四年にイタリアへ立つ前に、ジャコブ街のオテル・ド・アンブール（ハンブルク・ホテル）に短期間投宿しただけで、その後はもっぱら右岸に泊まっている。

わたしが一九八二年から八三年にかけて一年間パリに滞在したときに住んだのがグルネル街だった。アンヴァリッドの西側のボスケ大通りやエコール・ミリテール（陸軍士官学校）に近いところで、スタンダールの時代にはまだ街はずれといった所だったが、借りていたステュディオの家主が同じ通りのブルゴーニュ通りと交わる近くに住んでいたため、月に一度は家賃を払いにいきながら、ベールがパリ到着当時に住んだ界隈を歩いたものだった。フォーブール・サン＝ジェルマンと呼ばれるこのあたりは、今も二百年前と街並みはほとんど変わっていないし、建物も当時からのものがたくさん残っている。貴族の邸宅だった建物は、多くが大使館や官庁に変わって生き延びている。『アルマンス』のオクターヴが住んでいたサン＝ドミニク街の邸宅、『赤と黒』のラ・モール侯爵の屋敷（ヴァレンヌ街のカストリー館がモデルとされる）、そしてまた『リュシヤン・ルーヴェン』のシャステレール夫人がナンシーに住むまえに居住していたというバビロン街もこの地区内である。バビロン街については、スタンダールは「変った名前の街」だと言っている。スタンダールの時代のパリの道は、まだほとんど舗装されていなかったようだが、フォーブール・サン＝ジェルマン界隈では石畳になっていたのではないか。そんなことを考えながら、ベルシャス街あたりまで歩き、ときにはバック街までも足を延ばした。もっとも首相官邸（マティニョン館）ほか政府の枢要な施設が多いために、機関銃を構えた警察官があちこちに立っていて、何となく近寄りがたい街であることも確かである。

ジャコブ街はそうした散歩のコースをはずれていたが、サン＝ジェルマン＝デ＝プレ地区のボナパルト街、セーヌ街、そしてこの二つの街を結ぶジャコブ通りの東の部分は、同じ地区のマザリーヌ街、ドーフィーヌ街などとともに、書店、画廊、骨董店がいくつもあって、歩いて愉しい街であり、オデオンあたりで映画を見たりすると、よく歩いた場所である。街の喧騒に疲れたときに一息入れるには、ジャコブ通りから少し入ったところに、パリでいちばん小さい広場と言われる静かなフュルスタンベール広場がある。そこにはドラクロワが晩年を過ごした家が美術館になって現存しているが、美術館はいざ知らず、ドラクロワというと、ベールが一八二九年頃夢中になっていたアズュール夫人ことアルベルト・ド・リュバンプレは、ドラクロワの従姉妹の娘であり、一説にはドラクロワがベールに紹介したとも言われていて、そうした因縁を思い出させた。

　また、わたしが滞在した当時、マザリーヌ街には〈スタンダール書店〉という古書店があり、スタンダールの初版本や関連の研究書などを売っていて、しばしば立ち寄ったものだった。一九八三年は丁度スタンダール生誕二百年の年にあたり、四月二十六日から三日間ソルボンヌでスタンダール学会の大会が開催されたが、その際のエクスカーションは、その書店主がプランを立てたようだ。わたしは残念ながらそれに加わらなかったが、あとになって店の主人からそう聞いたように記憶している。その後スタンダール書店は少しずつさびれていき、何年頃だったか、訪ねていくと、いつのまにか〈シャニュ書店〉という別の古書店に変っていた。この古書店は今も商売を続けている。

　ベールは王政復古になると、「ナポレオンとともに没落」し、いわば精神的亡命者といった形でイタリアに行き、ミラノを中心とする生活を送る。北イタリア滞在は、当地で知りあったメチルドことマチルダ・デンボウスキーへの想いが遂げられず、またミラノの政府ににらまれ、一八二一年に傷心の想いでパリに戻ってくるまで続く。もっとも、その間にも、一八一七年、一九年にパリにきている。とくに一七年は『イタリア絵画史』と『一八一七年のローマ、ナポリ、フィレンツェ』の出版に関係する滞在（ファヴァール座正面のオテル・ディタリーに宿泊）であった。

ベールは『エゴチスムの回想』のなかで、二一年にパリに戻ってからのことを回想しているが、第一章で「パリではリシュリュー街四七番地（現四五番地）のオテル・ド・ブリュッセルに宿をとった」と書いている。モリエールの終焉の住居（現四〇番地）のすぐ近くのこのホテルは、かれが一九年にパリに一か月弱滞在したときにも泊まったホテルで

（図４）リシュリュー通り周辺

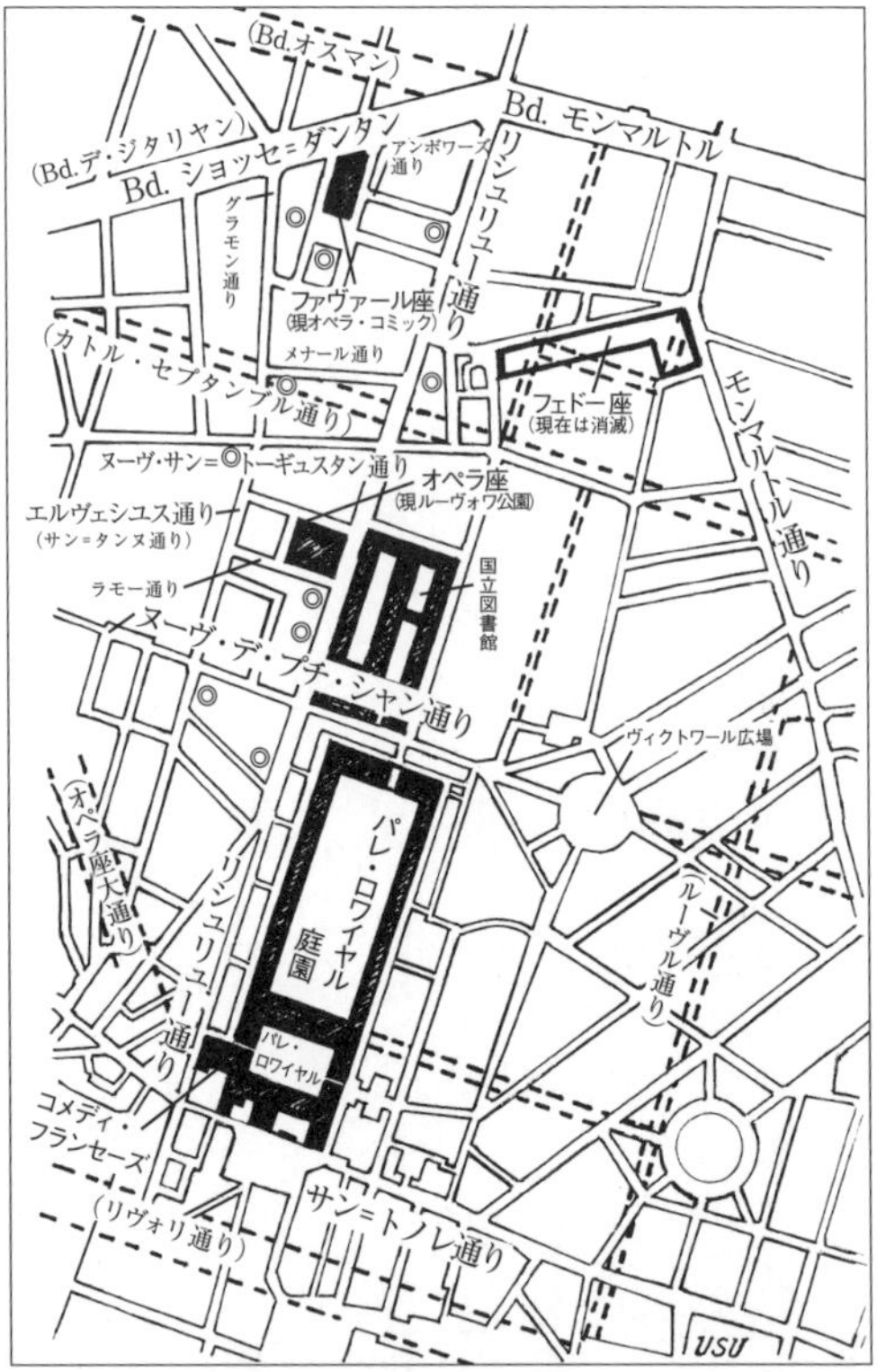

＊◎印はスタンダールの宿泊したホテルの場所
＊実線は19世紀初頭の街路。破線はのちの都市計画で完成した街路
（　）内は現在の通り名
＊Bd. はブールヴァールの略号

ある。しかしそこは、シェイクスピア観劇のために一か月あまりロンドンに滞在して帰ってきてから、二二年には引き払い、リシュリュー街と平行に走っているサン＝タンヌ街の三六番地にあるオテル・デ・ゼタ・ジェネロー（三部会ホテル、現在はオペラ・マントノンというホテルになっている）に移った。そして次に、二三年十月にフィレンツェに立つまで、リシュリュー街六三番地（現六一番地）のオテル・デ・リロワに移動する。その間の事情について『エゴチスム』に次のように書いている。

「よそで何時に夕べのつどいが終わろうと、私はパスタ夫人のところ（リシュリュー街六三番地、国立図書館向かいのオテル・デ・リロワ）へ行ったものだった。私はそこから百歩ほどの距離の四七番地に泊まっていた。しばしば午前三時に戸を開けさせるのに門番はひどく機嫌を損じて、怒りを露わにするので、これにうんざりして、しまいにはパスタ夫人と同じホテルに住むことにした」（第五章）

四七番地はうえで記したオテル・ド・ブリュッセルである。この年、イタリアのオペラ歌手ラ・パスタことジュディッタ・ネグリはオテル・デ・リロワの三階の部屋から二階に移り、その三階の部屋が空いたために、ベールは引っ越すことにしたのだった。パスタ夫人のサロンは、ベールに言わせると、「パリにくるすべてのミラノ人の会合する場所」であった。かれはそこで、ミラノの思い出、メチルドの思い出を胸に甦らせ、宵のひとときを過ごすのであった。そして、メチルドへの片想いから生まれた恋愛に関する様々な考察をまとめた本の出版契約が、五月にピエール・モンジー・レネ書店とのあいだで結ばれた。『エゴチスム』にはこう書いている。

「一八二二年の夏になると、ようやく元気を取り戻したので、私は『恋愛論』と題する本を出版しようと考えた。ミラノにいたころ、散歩しながらメチルドのことを想いつつ鉛筆で書きとめておいたものだ」（第九章）

夏のはじめには校正が出て、八月に本は出版。かれは翌年イタリアに出発するまでこのホテルに滞在するが、出発する頃は三階から四階に移っていた。

現在六一番地の建物はすっかり改築されてしまって、国立図書館の分室になっているが、玄関脇に「ここで一八二二年から二三年までスタンダールが暮らした」というプレートが掲げられている。そして隣の六三番地に、スタンダールの時代には六五番地になっていたオテル・ド・マルトが、名前はマルト・オペラと変っているが、当時の建物でホテルを営業している。

一八二四年から二六年のパリ滞在はリシュリュー街から離れ、フォーブール・サン＝ドニ街やリシュパンス街（現シュヴァリエ・ド・サン・ジョルジュ街）のオテル・リシュパンス（現在のオテル・オペラ・リシュパンス）に住むが、二六年九月にロンドン旅行から帰ると、かれはブールヴァール・ポワソニエール、リシュパンス街、ルプルチエ街（当時のオペラ座に隣接する六番地）などにあるホテルに泊まったあと、一八二七年の四月の終わりに、リシュリュー通りからファヴァール座に抜けるアンボワーズ通りの入口、アンボワーズ街一番地で且つリシュリュー街一〇三番地のオテル・デュ・プチ・セルクルに投宿している。しかし七月にイタリアに出発して、翌二八年一月にパリに戻ってくると、かれはラモー通りとの角にあたるリシュリュー街七一番地（現在の六九番地）にあったオテル・ド・ヴァロワに宿をとった。あいだで、三か月近い南仏旅行を挟んで、一八三〇年、七月革命後に領事の職を得て、トリエステに出発するまでそこに滞在した。『ローマ散歩』を書き上げ、マルセイユで構想した小説「ジュリヤン」を執筆して『赤と黒』に完成させたのがこのホテルの四階の部屋であった。ここには、一八三三年チヴィタヴェッキア領事に就任していたベールが休暇を得てパリに一時戻ったときにも、三か月ほど泊まっている。したがって合計するとそこには三年近く住んだことになる。

このようにリシュリュー街はスタンダール＝ベールの思い出にあふれている。二二年にミラノから帰って、三〇年に領事としてイタリアに出発するまでのあいだ、社交人として、文人として、そしてクレマンチーヌ・キュリヤル、ソフィー・デュヴォーセル、ジュリア・リニエリ、アズュール夫人といった女性たちを次つぎと恋い慕う男としてのベールが、この通りの舗石を歩くと浮かんでくる。わたしは国立図書館に行くためにメトロのパレ・ロワイヤル駅で下車してこの街に踏み入ると、そのたびに、『エゴチスム』のスタンダールを思い浮かべていた。

しかしベールはなぜこの界隈に泊まったのだろう。それはおそらく、フェドー座(パスタ夫人が出演していた)、ファヴァール座(旧コメディ・イタリエンヌ、現オペラ・コミック)、ルーヴォワ座(オペラ座、一八二〇年廃止)、パレ・ロワイヤルのフランス座(コメディ・フランセーズ)といった劇場が近かったからではないだろうか。芝居好き、オペラ好きのベールには恰好の場所だったわけである。また、かれの出入していたサロンのうち、とりわけ、かれが足しげく通ったエチエンヌ・ドレクリューズとその妹の結婚相手ヴィヨレ・ル・デュック(有名な建築家の父)のサロンは、すぐ近く、リシュリュー街の西、サン・タンヌ街とのあいだのシャバネ街一番地にあった。なお、リシュリュー街の代表的施設である国立図書館については、二十歳前後、イタリア遠征からパリに戻って右岸に住んでいた頃に、そこで、ゴルドーニ、ヒューム等などを読んだという記録が日記に残っているが、中年のベールの日記には読書の場としての国立図書館は登場しない。

ベールは一八三六年に二度目の休暇をもらって赴任先のチヴィタヴェッキアからパリに

戻ってくると、モンブラン街（現在のショッセ＝ダンタン街の一部分）のオテル・ド・ラ・ペ（平和ホテル）、ついで翌三七年にはファヴァール座の広場に面するオテル・ファヴァール（現在も同じ名前で営業、ゴヤが宿泊したことで知られる）に泊まるが、五月下旬にメリメとブルターニュ、ノルマンディ旅行に出かけて七月はじめに帰ると、コーマルタン街八番地にアパルトマンを借りている。かれが『パルムの僧院』を短時日のうちに口述筆記によって書き上げたのはそこであった。またかれはそこから数次の旅行に出かけている。この建物には、一九八三年の生誕二百年の際に、スタンダール友の会によって、「ここで一八三八年十一月四日から十二月二十五日までの五十二日間で『パルムの僧院』が即興的に作られ口述筆記された」というプレートが掲げられた。ベールは一八三九年に長い休暇を終えてチヴィタヴェッキアに帰る直前には、コーマルタン街から、その西寄り、王政復古時代に新しく開通したゴド・ド・モーロワ通りのホテルに移っている。この通りには当時、母方の曽祖父の異父妹の家系に属し、ベールに何かと協力し、ベール亡きあとには最初のスタンダール全集（ミシェル・レヴィ版）を発刊するのに尽力したロマン・コロン（一七八四～一八五八）が住んでいた。

チヴィタヴェッキア領事のベールは、任地に腰を据えて留まっていないで、ローマやフィレンツェに出かけるので、外務大臣から再々注意の手紙をもらっていたが、長い休暇から帰っても態度はあらたまっていない。四一年には健康状態も悪くなり、かれは三度目の休暇を申請し、それが認められて、十一月八日にパリに戻ってくる。まずヌーヴ・サン＝トーギュスタン街（現在のドーヌー街にあたる部分）のオテル・ド・ランピール（帝国ホテル）に宿をとるが、年末にはヌーヴ・デ・プチ・シャン街七八番地（現ダニエル＝カザノヴァ街二二番地）のオテル・ド・ナントの三階に移っている。

三月二十二日の夕方、当時、ホテルまえの通りがリュ・ド・ラ・ペ（平和通り）と交叉すると反対側ではヌーヴ・デ・キャピュシーヌ通り（現キャピュシーヌ通り）となっていたが、その通りのコロナード館にあった外務省（現フランス不動産銀行の建物）の玄関を出たところで、ベールは脳出血の発作に倒れた。ただちにホテルに運ばれたが、翌朝二時に亡くなった。親戚のロマン・コロンとホテルのコンシェルジュが死亡の証人となった。このベール終焉のホテルがあった番地には、現在スタンダール・ホテルという新しいホテルが営業している。その玄関脇には「アンリ・ベール＝スタンダールは一八四二年三月二十三日この家で死去した」というプレートが掲げられている。

サン＝トノレ通りのアソンプション教会で葬儀がおこなわれてから、ベールは、ダリュ家の墓もあるモンマルトルの墓地に埋葬された。葬儀に参列したのは、コロンのほか友人の画家アブラム・コンスタンタン（以上署名人）、作家プロスペル・メリメとアレクサンドル・トゥルゲネフ（ロシアの文芸批評家アンドレイ・イワノヴィチ・トゥルゲネフの弟）であったと言われる。一方、メリメは『ＨＢ』というスタンダールを回想する文章で、埋葬には自分を含めた三人が立ち会ったと書いているが、あとの二人は誰だったのだろうか。当時、ベールの最愛の妹ポーリーヌ・ペリエ＝ラグランジュ夫人（未亡人）はパリのフォーブール・デュ・ルール街に住んでいたので、葬儀に参列しなかったとは考えにくいのだが、そのあたりのことは伝わっていない。

モンマルトルの墓地のベールの現在の墓は、一八九二年に愛好家たちによって新しく造り換えられ、一九六二年に同じく愛好家たちによって現在の場所に移された。もとの墓は、同じ墓地の十字架円形広場近くにあったが、そばの上空をコーランクール通りが橋で通過していたために、墓地の中でもあまりよい場所ではなかったとのことだ。それを改葬して現在の十字架大通りに面した場所（第三十区画）に移設したのだった。そこは期せずして有名なサロンの女主人であり、美貌と才知を謳われたレカミエ夫人（一七七七〜一八四九）の墓のすぐ近くであった。墓碑にはベールの横顔がメダイヨンに刻まれ、そのしたに墓碑銘「アッリゴ・ベール、ミラノ人、書いた、恋した、生きた」がイタリア語で記されている。この墓碑銘はどういうわけか、ベールが生前に書き残したものと異なる。かれは『エゴチスム』にも遺書にも「生きた、書いた、恋した」と書いていて、これは広く知られている。実際の墓碑では「生きた」が、次の行の「五十九年と二か月を」という目的補語に続いているために最後にきているのだが、何かしらなじめない。このあとのさらに続く一行には「一八四二年三月二十三日に死んだ」とあり、つまり《書き、恋し、生き、死んだ》という文脈になっている。細かいことは省くが、墓については、墓碑銘だけでなく、ベールの遺言は必ずしも忠実に守られてはいない。とにかく、旅に生き、一生住まいの定まらなかったベールは、亡くなってここにやっと安住の場所を見つけた。

わたしがこの墓をはじめて詣でたのは一九七〇年の最初のパリ訪問のときだった。墓をやっと探し当ててから、墓地の入口に店を出している花屋に行き、バラの花を一輪買い求めてきて、墓石のうえに置いた。わたしは、かれの作品に魅せられて、読み続け、スタンダールをなぞりながら、自分自身が豊かになっているように思っていた。そうした感謝をその一輪に込めたつもりだった。

そして、こうしてスタンダールについて書いていると、なおさら自分のわずかな教養といったものが、この作家を読みながら培ったものであることを実感している。

なお、この文章を記すにあたっては、スタンダリヤンの大先達であるアンリ・マルチノ（一八八二〜一九五八）の『スタンダール暦』（一九五〇、ディヴァン社）を大いに参考にさせてもらった。これを機に、会ったことのない亡き大先達に蒙った恩恵にも感謝を捧げたい。

イタリア・スタンダール紀行（一九九〇）

——ローマ、ナポリ、ボローニャ、パドヴァ、ミラノの旅

（図５）イタリアおよびミラノ周辺

四月二十六日（木）

飛行機は一時間十五分遅れて、ローマ（フィウミチーノ）のレオナルド・ダ・ヴィンチ空港に到着した。朝の八時三十分だった。二十時間あまりの旅はいつものことながらきつい。しかし窮屈な座席から立ちあがり、空港の建物に入ると少しずつ元気が回復してくるように思えた。手続きを終えて九時十分発の空港バスに乗って市内に向かう。天気は晴れで、朝から強い太陽の光が照りつけ、エアコンのないバスの車内は暑かった。その太陽光のもと、ローマの野は菜の花のような黄色い花が一面に咲いていた。やがて市内に入ると渋滞に飛び込み、バスの走りは急にのろくなった。しかしケスティウスのピラミッドのあるサン・パオロ門から旧市内に入り、コロッセオのわきを抜けて、エアターミナルのあるテルミニ駅までどうやら一時間で辿り着いた。

バスを降りて、テルミニ駅の正面の方に向かって歩きだすと、早速にジプシーの女が三人新聞紙を広げながら反対方向からやってきた。とんだ出迎えである。昔はこの手の連中はいなかったのにパリの方から流れてきたのかと思った。例によって、片手を出して取り囲むが、それを断って切り抜ける。駅の構内に入り、スーツケースを一時預けにした。そして駅の右手インディペンデンツァ（独立）広場方向にホテル探しに出かけた。ローマでたびたび利用しているのはミラーニというホテルだが、今度はいかにもさっぱりした感じのセレクト・ガーデンというホテルに決めた。庭に面した二階の文字どおりの小部屋は清潔であったが、三つ星で十四万リラというのだから、日本のビジネスホテルの倍以上で驚いた。イタリアのインフレは止まるところを知らないようだ。とにかく明日はナポリに立つのだし、初日だけはゆっくり寛ごうと考えた。しかし荷物を置くと、早速第一日目の予定を消化するために行動に移った。

売店でバスや地下鉄に一日有効のビッグという切符を求めてから、地下鉄でフラミニオまで行き、ポポロ広場を出発点にした。昔は、ローマに到着する旅びとは、ポポロ門から市内に入ったようで、スタンダールも例外ではなかった。かれが「ボンボン入れ」と呼ぶ門は、数年前には修復中だったが、きれいに化粧なおしされていて、フラミニオ広場の方に重厚な正面を見せていた。そこをくぐって、広大なポポロ広場に出ると、やはり一種の感激があった。中央にオベリスクをもち、そのかなたに一直線のコルソ通りがサンタ・マリア・ディ・モンテサントとサンタ・マリア・デイ・ミラコリのふたつの教会に守られて伸びている。左手には、五層構造のピンチョのテラスが彫像とアーチの新古典主義の様式で緑のなかに白くそそり建っている。わたしは、そのテラスからは広場全体が見渡せ、正面にコーラ・ディ・リエンツォ通りがまた一直線に伸びているのが見える、ということを知っている。つまり、この広場は、パリのコンコルド広場とシャンゼリゼ大通りないしチュイルリー公園の関係と異なって、立体的な眺望のなかに位置している。南からの太陽にオベリスクがつくる黒い影のなかに半裸の若者が何人かかたまっていた。

ピンチョの庭園に上っていき、木陰に入ってほっと一息つく。テラスに面したナポレオン一世広場には観光客がたくさんいたが、木立に囲まれた芝生は、寝そべって本を読む人や、車座になって弁当を広げている若者などが、ところどころに散っていた。小径に沿ってイタリアのために尽くした人びとの彫像が置かれている。これはリソルジメント（イタリア統一運動）の立て役者だったマッツィーニ（一八〇五～七二）によって計画されたもののようだが、このなかにはスタンダールが親しく名をあげている人物も多い。カメラを取り出して、アルフィエーリ、ボルジエリ、フォスコロ、カムッチーニと写していく。名前だけに親しんでいて、はじめて顔かたちを知る人物たちが、ファインダーのなかに現われる。

ピンチョからヴィッラ・メディチわきを通り、スペイン階段の上に出る。階段はアザレアの鉢に飾られ、春の装いである。あいかわらず若者たちが階段に腰をおろし、お喋りや歌に興じている。かれらのあいだを縫って降りていき、正面のコンドッティ通りに入る。スタンダールの時代からあるカフェ・グレコを横目に見て、有名ブティックの建ち並ぶ繁華な通りを抜ける。この通りがコルソとぶつかる交差点の反対側左角がルスポリ館になる。スタンダールが『一八一七年のローマ、ナポリ、フィレンツェ』のなかで泊まったと称するこの建物は、ホテルだったことはなく、当時は一階が大カフェだったとのことだ。しかし今は、コルソに面した側は無愛想な窓があるだけで、この中心地で店舗になっていないのが不思議なくらいである。ゴルドーニ広場に面した入口の傍らに、黄色い小さなプレートが立ててあって、十六世紀の建物であることが記されている。

コルソから逸れて、パンテオンを目指して路地に入りこんだが、道に迷ってしまった。地図を広げるが、そのたびに老眼鏡をバッグから出さねばならず、次第に面倒になり、適当に歩いては、ますます迷路に踏み込む有様であった。それならコルソをコロンナ広場まで行って、そこで曲がった方がよかったと反省。そのうちやっとパンテオンの背面に出た。このお釜を伏せたような建物はどういうわけか心を引き付ける。それほど美しさで際立った建築という印象はないが、その飾り気のなさ、素朴さがとても好ましい。しかしこのローマ時代の建造物は傷みが激しいとみえて、訪れるたびにどこかを修理していて、今度も正面に覆いがしてあり、そのあいだに小さな入口が二箇所切ってあった。

カプラニカ、ヴァッレ、アルジェンティーナの三つの劇場を眺めてから、四時にジェズ教会に行く。『イタリア書簡』（一七九九）の著者ド・ブロス（一七〇九〜七七）が褒めたたえ、スタンダールがそれを「悪趣味」と貶しているイグナチウス・デ・ロヨラの礼拝堂を見るためだ。大理石と銀でつくられた聖イグナチウスの像とその周りにごてごてと付け加えられたキリスト教の勝利を描いた浅浮彫りやら、大理石像のしつこさ。しかしひとつひとつをよく見ていると飽きない。そのうち急に照明がつき、礼拝堂全体が照らしだされる。堂のわきにある機械に五百リラ硬貨を投入するとしばらく照明が点いていることがわかった。金ぴかが一段ときらびやかだった。案内書によるとそもそもこの像は純銀製だったとか。教皇ピウス六世がナポレオンとトレンティーノの条約を結んだ折、賠償金を支払うためにそれが溶かされたという嘘みたいな話だ。現在の像はそのあとで作られたものでスタンダールの見たものと同一だが、ド・ブロスの見たものとは異なる。照明に照らし出されているイエズス会の創始者を何枚か撮影する（しかしあとで現像するとあまりに金ぴかで、よく撮れていなかった）。

四月二十七日（金）

八時五十分の特急でナポリへ行くつもりで、セレクト・ガーデンをチェックアウトして駅に向かった。テルミニ駅の広大な構内が妙に閑散としている。案内所に行くと、窓口に人だかりがしているが、どうも様子がおかしい。たずねてみると、何と国鉄がストライキに突入したという。明日まで動かないだろうと係員は説明する。見ている目の前で、切符の窓口も次つぎ閉鎖になる。スーツケースを転がしてきて、弱ったと思ったが、諦めてローマにもう一泊することにする。諦め切れない連中は構内に坐り込んで解除を待っているが、時間の無駄のような気がした。再び同じホテルに戻るのも癪にさわるので、途中で見たヴィッラ・デッレ・ローゼ、つまり〈バラの館〉と称するホテルにたずねてみる。前のホテルと同じく庭を擁し、こざっぱりしていた。

荷物を部屋に放りこむと、近くのマルゲラ通りの観光案内所に行く。クィリナーレ宮殿（現大統領官邸）の見学ができないかどうか問い合せるが、団体のみで個人の見学は許可にならないとのこと。クィリナーレ宮を見学する日本人のグループでもあれば、そこに加えてもらうという手もあるが、まずそういった団体はないだろう。長く教皇の夏の宮殿として使われてきたクィリナーレ宮は、代々の教皇によって手を加えられ、芸術家たちに仕事の場を与えてきた。スタンダールも記しているトルヴァルセンの浅浮彫りなどを見てみたかったが、残念ながら諦めざるをえない。午前中は、再びパンテオンを見学する。ラファエッロの墓の前は、次つぎと団体がやってきて、ガイドの説明があり、フラッシュがたかれる。四十数メートルの高さをもつドームをぼんやり見上げながらしばらく壁ぎわの大理石の床に腰を降ろしていた。少しすると体が冷えてきたので立ち上がって、この古代の建物を去り戸外に出た。近くでバスに乗り、バルベリーニまで行き、バルベリーニ宮殿のギャラリーを訪れる。二階の十六の室に中世・ルネッサンス・ロココの絵画が収められているが、今回はフラ・アンジェリコの三幅対とグイド作といわれるベアトリーチェ・チェンチ（?）の肖像をじっくり眺めたあと、サロンに急ぎ、天井のピエトロ・ダ・コルトーナのフレスコを望遠レンズで撮影する。バルベリーニ家の繁栄を顕揚するこの絵画は、約二十メートル掛ける三十メートルのサロンの天井に色鮮やかに描かれ見事だ。二つの中心を持つ図柄のなかで、一方にキリストが見守り、一方で巨大なローリエの冠が乙女たちに運ばれて天井から降りてくるようだが、それに三匹の金の蜜蜂（バルベリーニ家の象徴）が付き添っている。寄木の床に坐って、ファインダーのなかにしばらく没入した。

午後の三時になって、ローマから南に下ったスタンダールに倣って、郊外のアリッチアまで行ってみることにした。予定では、帰国直前に組んでいたのだが、ストで一日ずれたので変更。地下鉄でアナニーナまで行き、そこのバスターミナルからヴェッレトリ行きのバスに乗る。バスにはアナウンスもなく、バス停には表示もないので、どこで降りたらよいのか見当もつかなかったが、適当に降りてみようと考えていた。しかし、西陽が強いので、進行右手の車内の窓は日除けが降りていて、外がまるで見えないのは計算外だった。やがて少し大きな町に到着したので、隣に坐っていた青年にどこか訊ねると、アルバノだと言う。アルバノを出ると目的地は近い。かれがアリッチアだと教えてくれたので、下車。小さな町だった。バス停に降りた東洋人を、石の橋の胸壁にもたれてお喋りをしていた老人たちが物珍しそうに眺めていたので、かれらに会釈して、キージ館はどこだろうと尋ねた。かれらは一斉に道の反対側の巨大な建物を指し示した。ベルニーニが設計したというこの館は、四隅に四角い塔のような部分をもつ三階建てで、右手中央に天守のような塔が乗っている。道に面して中央に小さな入口をもち、壁に穿たれた窓も小さい。スタンダールはどこを見て「風変わりな姿」と言ったのだろうか。アルバノの方角から街道をやってくるとそんな感じがするのだろうか。交通の頻繁な道路を横断して建物の入口をくぐる。ほとんど廃墟に近く、一部分が町の施設に使われているだけのようだ。内部に入るのは遠慮して、アーケードを抜けて裏の狭い庭に出たが、その手摺りから下を覗くと、この建物が十メートル以上も低いところから建ち上げられているのに気づく。

アリッチアは、アルバノ山の中腹をネミ湖の方に下るアッピア街道が、いくつかの石橋で山襞の谷を渡るのだが、その谷に挟まれたいわば尾根の斜面に位置している。町並は街道から尾根の背を下る狭い一本の石畳の道に沿って広がっている。谷を渡る石橋から町の全容が見える。しかもその橋からはローマの野が広々と見渡すことさえでき、スタンダールによると、空気の澄んだ季節の晴れた日にはティレニア海まで見えるとのことだ。谷から吹きあげてくる冷たい風を気持よく感じながら、橋の手摺りにもたれて、遠くまで広がる平野の天と地との不分明な境に、しばらく目を凝らしていた。

アルバノまで歩いて戻ることにして、キージ館を振り返りながらアリッチアを離れた。しかし途中で、カステル・ガンドルフォの表示を見たので、その方向に何となく曲がってしまった。はたして教皇の夏の別邸までどのくらいの距離があるのか考えもせず、少し無分別であった。道はのぼりになり、大きな別荘の塀ばかりが続いた。そして上りきると今度は木立のなかに白い道が果てしなく遠くまで走っていた。引き返すことも考えずに、この道に入っていった。車だけがスピードをあげて行き交う道を、ひたすら歩いた。そして間もなく木立のあいだから湖が見えてきて、この道が火口湖であるアルバノ湖を周遊する道路であることを知った。大学生の頃、東京西郊の狭山湖を周遊する道をやはりこんな風に歩いたことがあったと思い出す。木々のあいだ、はるか下方（スタンダールによれば二百ピエ、つまり六六メートル）に見える湖水に元気づけられて、やがてカステル・ガンドルフォの小さな町に入り、教皇の宮殿の前に辿り着いた。以前にもローマからカステッリ・ロマーニを巡る観光バスでこの近くまできているが、そのときはどこからこの宮殿を見たのだろうか、覚えていない。湖畔に降りていく道があったが、もう水辺まで降りていく気力はなかった。五十歳を過ぎたスタンダールは、この湖畔のベンチに佇み、かれが愛した女性の名前の頭文字を、ステッキで砂のうえに書き連ねたと『アンリ・ブリュラールの生涯』第二章で書いているのだが…。わたしはおみやげ屋で絵葉書を求め、ついでにアルバノに戻る交通手段があるものか訊ねた。無しである。こうなったら、来た道を戻るしかない。すでに六時をまわり、ぐずぐずしていたらアルバノからローマにさえも戻れなくなる。今度は歩きながら、やってくる車にサインを送って同乗を求めた。しかしスピードをあげている車はそのまま通過していった。それでも帰路は道がわかっているだけに、往路ほど時間がかからなかった。それに途中で折れた道が運よくアルバノ中央のバス停の前に導いてくれた。

ローマへ戻るバスの座席に腰をおろしたときは、朝から一日中郊外を歩きまわっていたような錯覚にとらわれた。日没が八時半ぐらいなので一日が長いのを実感した。

四月二十八日（土）

昨日は乗れなかった八時五十分発のパレルモ行き特急でナポリに向かう。十分ほど遅れての出発だった。ストは昨夕には終わっていて、ダイヤが少しずつ回復していた。列車は菜の花のような黄色い花の絨毯をカンパーニャ地方に向けてスピードをあげた。次第にアカシアの白い花が沿線を縁取り、軽石層の白い岩山の風景のなかに入るとエニシダやヒナゲシなども目につくようになった。同じコンパートメントには二人の青年がいるが、一方はウォークマンを聞いてい、一方は商売の書類らしいものを見ていて、ふたりとも観光客ではなさそうだった。十一時丁度、ローマからノンストップの列車はナポリ中央駅に到着。相変わらずホテルの客引きがまとわりつくが、かれらを断ってガリバルディ広場のホテル・カヴールに直行する。このホテルには三度目だが、昔ここに六十歳台のフロント係がいて、孫が切手を収集しているので日本の切手を送ってほしいと頼まれたことがあった。帰国してから送ると、お礼の絵葉書をもらった。しかしその人はもう退職している。存命しているかどうか。今は若手のてきぱきしたのが取り仕切っているが、この古いホテルにはやはりのんびりした年寄の係がふさわしい、と思った。

町は青い横断幕に飾られ、異様に活気づいていた。ナポリのチームとミラノのチームでサッカーリーグの決勝戦がまさに明日行われるとのことで、これは六月にイタリアではじめて開かれるサッカーのワールドカップの前哨戦として、さらに町の名誉をかけた試合として、もっかのところ最大の関心を集めているらしい。街角のあちこちで、旗、メガホン、ラッパ、シャツ、帽子、その他様々な試合関連のグッズが売られていて、お祭り気分だった。

中央駅のカフェテリアで、ピツァとビールで食事。昔、このカフェテリアのピツァがとてもうまかった記憶があり、ノスタルジーから出かけたのだが、楽しみにしていたほどではなかった。期待しすぎだったのかもしれない。食後、バスの半日券を買い、ターミナルでカルロ三世広場へ行くバスを待ったが、なかなかこないので、ガリバルディ大通りを歩きはじめた。この大通りのぶつかったところがカルロ三世広場で、そこにはナポリ王カルロ七世（のちにスペイン王としてカルロス三世）によって一七五一年に建設された救貧院の巨大な建造物が建っている。フォリア通りに面した正面は幅三百メートルもあるだろうか。このとてつもない建物が今ではそっくり廃墟になっている。以前は一時女学校に使われていたこともあったようだが、傷みが激しいらしく、もはや石の固まりでしかない。これまでも何度か写真におさめようとしたが、あまりに大きいのでもてあまして、成果をあげていない。今度は十八ミリの広角で狙ったが、思うようにはいかなかった。この建物は、補修というよりは取り壊しの運命にあるのではないかと心配する。

バスがこないので、徒歩で、カヴール広場を経て、ナポリ国立考古学博物館、つまりストゥーディの前まで行く。この角のT字路は三方向からの車がせめぎあって、大変な混雑だ。特にトレド通り方向からカポディモンテ方向への車の列にフォリア通りからの車が合流するのが、すさまじい。列に少しの隙でもあれば、横から飛び込むので、横断歩道の信号が青でも、歩行者が横断するのは決死の覚悟だ。生存競争の縮図を見ているようだ。今回は、交通の手段がないところに行くかもしれないと考え、国際免許証も持参しているが、これを見てナポリではとても運転できないと思った。それに以前に較べて、日本も同じだが、車の量がふえ、町はもう飽和状態に達しているようだ。

　トレド通りを海の方向に歩いていき、途中でこの通りから左に入るスタンダール通りを探訪する。この数十メートルの通りにスタンダールの名が冠せられたのはどういう理由からだろうか。この通りがトレド通りと交叉する反対側はテアトル・ヌオーヴォ通りで、そこにはスタンダールの通ったヌオーヴォ劇場があった。かれは、この今はスタンダール通りとなっている街に滞在したことがあったのだろうか。スタンダールの書き残したもののなかにそんな記録はないと思うが、調べてみる必要があるかもしれない。何の変哲もないスタンダール通りを歩いて抜けると、今度はフィオレンティーニという映画館にぶつかった。新しいコンクリートのビルディングの一階にある。まさかここに昔のフィオレンティーニ劇場があったのでは、と思ったが、話がうますぎる。スタンダールが通った二つの劇場に挟まれて、スタンダール通りがあるとすれば、亡きスタンダールはどんなに喜ぶことか。それにしてもスタンダールの時代にナポリ最古といわれたフィオレンティーニ劇場はどこにあったのだろうか。

そのあとバスでトレント・エ・トリエステ広場まで行き、サン・カルロ劇場を見る。そのポスターに「世界最高の劇場——スタンダール」という文字が書かれている。オペラは上演されていない。そこからムニチピオ（市庁舎）広場まで歩き、マルカダンテ劇場（旧フォンド劇場）を見る。ここはどうやら完全に閉鎖になってしまったらしい。現代は芝居だけが娯楽の十九世紀とはちがって、人びとはさまざまに楽しみを求めている。もはや演劇はサッカーのように興奮して押しかけるものではなくなっている。

バスでポジリポに行ってみることにした。ナポレオンの妹の婿ジョアシャン・ミュラの造った道は今では立派な舗装道路となり、ナポリ湾を臨む岬へと通じている。道路沿いは町なかと違って、一戸建の屋敷が多く、ナポリの金持はこんなところに住んでいるのかもしれないと考える。以前、観光バスでポツォウリに休火山の火口とソルファタラ（噴気孔）を見学に行ったことがあり、そのときポジリポにも寄ったのだが、それがどこだったか今となっては思い出せない。バスで終点まで行き、そこからしばらく歩いて戻りながら、ナポリ湾の景色を眺めた。春の霞んだ大気のなかでヴェスヴィオ火山がやっと見える。しかし海は青く、カプリかイスキアかへ通う船が白く浮かんでいた。

四月二十九日（日）

午前中は市内の見学にあてる。バスでプレビシト広場まで行き、ビアンキの設計したサン・フランチェスコ・ディ・パオラ教会を見る。スタンダールの書くように、広場も含めて、建物はかなりの民家を取り壊して造ったと思われる。左右に半円形に伸びる柱廊に抱かれた教会は、背後に住居が迫っている。柱廊の右翼が工事中で囲いがしてあり、しかも広場ではサッカー関連の実況番組があるらしく、テレビ局が中継車でやってきて準備中であった。再び、教会の目と鼻の先のサン・カルロ劇場まで行き、受け付けで内部の見学を申しこむが、今日は見学のための公開日ではないと断られる。残念な思いで、ウンベルト二世アーケードを抜けトレド通りに出て、この通りをバスでストゥーディまで上っていった。

国立考古学博物館も、あちこち修復中で、陳列品の置かれている場所が定まらない感じだ。それに閉鎖されている室も沢山あり、かつてよりかなり限られたものしか見ることができなかった。立派な収蔵品が宝の持ち腐れのように思える。陳列してあるフレスコ画のなかで、スタンダールが『ローマ、ナポリ…』で挙げている当の作品と思われるものを撮影するが、これがほんとうにスタンダールを「楽しませた」作品なのだろうか。『テセウス』にしても『オレステスとイピゲネイア』にしてもなんとなく主題のはっきりしない壁画であり、切り取られてきた断片の印象は免れず、その画面の周囲にあったはずのものを想像させるほどの力はない。スタンダールは読者を煙に巻いているのかもしれない。

午後は、二時半の列車でカゼルタに行く。ナポリから四十五分のところにある。駅に到着すると、目的の宮殿は、駅前に巨大な姿を横たえていた。駅の建物を出て宮殿に向かって歩きだすと、男がガイドブックを買えと近づいてきた。どうせ高い値段で売り付けようとしているにちがいないと思ったが、値段をたずねると四千リラだと言う。フランス語版があるかと尋ねると、生憎あったので、それを買うことにした。しかし歩きながらページをめくると、カラーの印刷がずれているページがあったのでとって返して、取り替えるよう迫った。かれは渋っていたが、結局手持ちのものをすべて広げて見せた。フランス語版はその一冊しかなく、英語版に換えさせた。

王宮はナポリの救貧院と似た巨大な建造物で、やはりカルロ三世によって建設が着工された。石にまじえて使われている少しピンクがかったレンガの色彩がきれいだが、スタンダールの言うように兵営（カゼルヌ）の趣がある。近代の大部分の王宮がそうであるように、ヴェルサイユに張り合った様子が見られるが、ヴェルサイユを見たことがあれば大抵のものには驚かない。正面の入口を入り、左右に中庭を見て建物を突き抜けると、広大な庭園に出る。芝生のなかを一本の道が一直線に伸び、かなり遠くで運河にぶつかり、今度は何段もある滝と運河に沿って、その両側を道は昇っている。いちばん奥の滝まで三キロはあるだろうか。しかし庭園もヴェルサイユに較べれば、規模にしても美しさにしてもかなり劣っている。

日曜日で多くの見学者が訪れていた。宮殿から庭のいちばん奥までバスが運行されていたので利用する。料金は千リラ。席まで集金にきた車掌は、この切符で何度も乗降できるからと言い訳がましい説明をした。なるほど終点までいくつかのバス停があり、途中から乗ってくる人もいた。源泉にあたる滝はどういう仕組みかわからないが、丘のうえの方から緑のなかを切り開かれた岩だらけの沢といった風情で豊かに流れてきていた。その滝の下の池のほとりでバスを降る。池のなかには『ディアナの水浴』の彫刻があり、鹿に姿を変えて水浴を覗き見にきたアクテオンが犬に襲われている様が印象的である。この森に囲まれた庭園の池にふさわしいような気がしたし、宮廷の逸楽を不謹慎に覗きにくる者もあったのではないかと思ったりした。そこから運河に沿って遠くに霞んでいる宮殿の方に向かってのんびりと歩いた。休暇中の兵士が家族や女友達と歩いている姿が目立った。

夕方、カゼルタの駅でナポリ行きの汽車を待って、四十五分も費やした。時刻表に出ている時間になってもナポリ行きはやってくる気配がなく、アナウンスは「リタルド（遅延）」を繰り返す。イタリアを旅行して最初に覚える単語は、この言葉だと言って間違いない。その間にも、ホームには列車が入線してくるから、アナウンスに耳を澄まし、ときには確認のために人に訊ねなければならない。待っている人びとはお互いに到着する列車の行き先を訊ねあっている。ここでは、うっかり乗り間違えたりすると、フォッジアとかアドリア海沿岸の町にまで運ばれて行かれかねない。

ナポリに戻ると、町は大変な騒ぎだった。サッカーの試合はナポリのチームがミラノのチームを降して、イタリアの王座についたようだ。一旦ホテルの部屋に戻ってから、夕食のために外出すると、ホテル前のガリバルディ広場は、勝利を喜ぶ市民の車がクラクションを鳴らして走りまわり、若者たちの騒ぎは熱狂的になっている。普段は遅くまで店を開けているレストランなどが早々に閉めてしまっているのは、レストランの経営者たちも出払っているのか、それとも騒ぎを恐れてか。駅の食堂に行き、コトレットとワインで簡単に夕食を済まし、再び町の騒ぎを見に出た。たぶん、ミラノが優勝しても、ミラノの市民はここまで騒ぐことはないだろう。ナポリは郷土愛も強いが、北部の豊かな大都市に対するコンプレックスも強いのではないかと思った。

今度の短期のナポリ滞在で感じたことだが、イタリアはインフレに悩みながらも、豊かになりつつあるということだ。昔はナポリにくると、見るからに貧しいといった子供たちを見かけたし、獰猛な視線が危険を感じさせたものだった。今や、若者はナポリの楽天的な気質を食うや食わずの貧しさで翳らせることもなく、伸びやかになっているようだ。そのあたりの分析については、簡単に書けるものではないし、また手に余るのでさし控えておこう。

四月三十日（月）

昨日、八時発ミラノ行きのインター・シティ〈クローチェ〉号にフィレンツェまで座席を予約したので、早出だった。七時に開いたばかりのカフェテリアに降りていく。カフェ・ラッテを飲んでいると、日本人の青年がきて同席する。かれはシチリアまで行く予定だったらしいが、国鉄のストのために予定を変更せざるをえなくなり、ナポリ泊まりになったとのことだった。カプリ島に行くというので、二十年近くも前に行ったときのことを思い出しながら、カプリの話をする。

七時半には支払いをしてホテルを出る。ホテル前の広場では昨夜の騒ぎの名残の紙屑を掃いている人がいて、ナポリにも清掃労働者がいることをはじめて知った。風が吹くと紙屑の舞う街という印象が強いので、街の掃除が行なわれているとは想像したことがなかった。祭りのあとの静けさというか、今日はとりわけ朝が遅いように思えた。

〈クローチェ〉は定刻に出発。サロン式の車内はかなりの空席があった。一路フィレンツェへ四時間の旅。ローマのティブルティーナ駅に停まると、次はフィレンツェで、ローマから二時間。この区間は、はじめ日本やフランスについで新幹線の計画が立てられ、工事が開始されたが、財政的な問題から、部分的に完成した新線に在来線をつなげて在来の列車のスピードアップをはかる方向に変更になった。もともとイタリアの列車はかなりのスピードで走っているが、新線の区間では二百キロ近いスピードを出している。にもかかわらず、フィレンツェのサンタ・マリヤ・ノヴェッラ駅に到着したときには、三十分あまりも遅れていた。

今回はフィレンツェではサンタ・クローチェ教会にロッシーニの墓を詣でるのが目的であり、夕方にはボローニャに出発する予定でいた。駅の一時預けに荷物を託して街に出ていく。さすが観光のメッカだけあり、駅にも観光客が多く日本人も多く見かける。

快晴で、太陽の光がまぶしい。オニッサンティ教会の付近でアルノ河のほとりに出た。河畔を風に吹かれながら、対岸の丘の緑を眺め、ヴェッキオ橋まで行く。このあたりはフィレンツェ観光の中心地であり、真昼というのにウィンドウ・ショッピングする人などで混雑していた。教会が開くまで時間があったので、カフェで簡単に昼食をして、そのあとサンタ・クローチェ広場で草のうえに坐ってのんびりと待った。二時半に、教会のパッツィ家礼拝堂と博物館が開いたので、三千リラの入場料を払って入ったが、ブルネレスキ設計による礼拝堂にも博物館のチマブーエにもさほどの感銘を受けず、教会の本堂の方に急ぐ。何としてもこちらはダンテ、ミケランジェロ、マキャヴェッリ、ガリレオといった偉大な名前の墓が、多くの人を集めて、大変な人気である。ロッシーニはまだしもアルフィエーリやフォスコロとなると少し寂しい。カノーヴァによるアルフィエーリの見事な墓は、スタンダールなら「アルフィエーリの自尊心を充分満足させたにちがいない」と書くところだろう。その死を嘆いている婦人の像はアルバニー（あるいは英語の読み方でオールバニー）夫人なのだろうか。一方フォスコロの墓は、腕を胸に当て昂然と顔をあげて遠くを見ている立像が石の台にのっているだけである。これも墓の主にふさわしいように思える。立像の足元に鉢に入った赤い花が供えられていた。目的のロッシーニの墓所は古典的な様式で、アーチ型をした全体の上方に浅浮彫りの胸像がメダルのようにはめこまれてい、その下、中央に葬盒が安置されている。それを見上げるように一人の女性の立像が死を悼んでいる。パリで亡くなり、一旦はペール・ラシェーズの墓地に埋葬されていたロッシーニは、イタリア政府の懇請で、ここに墓所が移されたといういわく因縁がある。これだけの墓をあつめた教会のなかは、ドゥオモ以上のにぎわいで次つぎと人の波が押し寄せていた。

教会から急いで駅に帰り、十六時十五分のインター・シティでボローニャに向かう。フィレンツェから一時間で到着、インディペンデンツァ大通りのドナテッロというホテルに宿をとる。少し疲労で頭痛がしたが、シャワーを浴び休息してから、街に出る。食前の散歩をする人でにぎわう大通りをネットゥーノ広場まで行く。横丁にきれいなレストランがあったので入る。パリのコルドンブルーの推薦状を掲げたこのレストランの食事はなかなかだったが、客のあいだを挨拶して回っていた店の女主人が、香水を付けすぎていた。

五月一日（火曜日）

旅のベッドのなかでは眠りが充分とはいえず、疲れが完全にはとれない。目が覚めたがいつまでもベッドのなかにいて、九時頃やっと起きだして街に出ていく。ホテルのドアを出ると、戸外はひんやりしていてびっくりする。近くの公園モンタニョーラを少し散歩してから大通りを市の中心に向かって歩く。街のなかは静かで、商店もシャッターを降ろしていて目覚めが遅いように思えたが、マッジョーレ広場までできて、今日はメーデーですべてが休みなのだと悟った。広場では多くの人びとが参加してメーデーの集会がはじまっていた。

そういえば、ボローニャはイタリアのなかでももっとも共産党の勢力が強く、《赤いボローニャ》などと言われている。市民の政治意識が高いだけでなく、知的水準も高いようだ。スタンダールのこの町に対する評価は高く、イタリアの首都になるべき町だと書いている。確かに、地理的にもイタリアの要にあり、はやくから商業が栄え、そしてヨーロッパではじめて大学が設立され学問も栄えた。現在でも多種多様な見本市や、学会が開催されたりしている。

サン・ペトローニオ大聖堂の階段に腰掛けて、しばらくメーデーの集会を見ていたが、時間を無駄にできないと思い、一旦カスティリヨーネ通りに出て、ガリセンダとアシネッリの塔の下を回って、ザンボーニ通りに入った。車の行き交いも少なく、柱廊が朝の光で美しい影を描く中世の通りをのんびりと歩いた。町中に植物の綿毛が舞い、光のなかで白く輝いていた。ヴェルディ劇場の前に出ると警察官が劇場を固めていた。メーデー関連の催しが開かれるらしかった。休みの大学の前を通って国立絵画館に行ったがここも休館。結局、今日はどこへ行っても休みだと考え、思い切ってアドリア海沿岸の町アンコーナまで行くことに決心した。

列車の時刻表を見て、十一時五十五分の急行に乗ることにする。列車は南に丘の連なりを見ながらイーモラ、ファエンツァ、フォルリ、チェゼナと、エミーリャ地方の町を走り抜ける。車窓からは鈴のような白い花束をびっしりとつけているマロニエの並木が印象的である。リーミニを過ぎると、リゾートホテルや別荘のあいだから美しいアドリア海が光って見えはじめた。やがて水際の白い砂浜に沿って走り、海辺で海水浴や日光浴をする人びとも見かけた。そんなリゾートの光景が長く続き、それがいつのまにかドックや港湾施設の味気ない灰色の眺めに変わったかと思うとアンコーナである。到着は十四時十五分。

かつて、ギリシアのピレウスから〈アプロディテ〉号という大型フェリーでここの港に到着したことがあった。ピレウスとブリンディジを結ぶフェリーの切符がとれず、やむなくエーゲ海クルーズのフェリーをつかまえイタリアに辿り着いたというわけだった。したがってその時は、港からバスでこの駅まで直行して、町は一顧だにしなかった。しかし港を見下ろす丘のうえのサン・チリヤコ大聖堂は印象に残っている。その大聖堂が駅からも見える。

駅で町の中心部に行くバスを待つが、これが休日のせいかなかなかこない。一時間近くを無駄に過ごした。やっと到着したバスで閑散としている大通りを抜けて、町の西端のクァトロ・ノヴェンブレ（十一月四日）広場まで行く。広場は海に面した断崖のすぐうえにあり、そのテラスから水際まで階段をつたって降りていくことができるが、少し離れたところにはエレベーターもある。アンコーナの町全体は、アッシージの方から伸びてきたアペニン（アペニーノ）山脈の支脈がつくる丘のうえにあり、それが海辺で断崖になっている。今では断崖のすぐ近くのストラーダ・パノラミカ（展望通り）に沿って高級住宅が建っている。しかしながら、断崖の中腹を縫うようにして、灌木のなかに崖道がついていて、公園に造られているところもある。スタンダールが、『一八一七年のローマ、ナポリ…』のなかで、革命前のパリの社交界についてフォーサイト大佐から話を聞くという場面に設定したこの独特な場所を、しばらくは感心して眺めていた。

無人の街といってもいいくらいひと気ない通りを歩いて、旧市街の小路をサン・ドメニコ教会の前に出ると、市が立っていて多くの人が集まっていた。古い絵葉書、地図、新聞、雑誌などを扱っている店が何軒かあって、魅力を感じ少し覗いてみたが、ゆっくりしている時間もなく、大聖堂のサン・チリヤコに向かう。傾いた太陽が照りつける港に面した坂道を、汗を拭いながら上っていった。古代にアプロディテ（ビーナス）の神殿が建っていた丘のうえに、キリストの教会がとって代わったのだが、やはりアドリア海を臨むこの場所には、海の泡から生まれた美神の社こそふさわしいように思えた。聖堂はあまり大きくはないが、磨かれたばかりの正面が少しバラ色を帯びた大理石造りで美しい建造物だった。ビザンチンとロマネスク様式の混淆といわれる。ギリシア十字形をした内部は意外に広く、柱頭をアーカンサスに飾られた柱のうえにつくられたアーチが外陣を支えている。右手の交叉廊の付け根にあたる部分に設けられた階段をクリプト（地下墓所）に降りて行くと、聖チリヤコの木乃伊《ミイラ》になった遺骸が安置してあり、これにはぞっとさせられた。聖チリヤコはアンコーナの初代司教でユリアヌスの時代に殉教したとのことだ。

教会を出て、丘のテラスから港の風景をしばらく眺めていたが、帰りの時間にせかされて、今度は大聖堂の裏の坂道を旧市街の方に降りて行った。県庁前のプレビシト広場からバスに乗ろうとしたが、やはりバスはなかなか来そうにない。ぐずぐずしていられないので、港に沿った大通りを駅まで歩いた。歩きながら、丘のうえに西陽を浴びてローズ色に輝いている聖堂を、しばしば振り返った。

カラカラに干上がった喉にビールで湿りを与えたかったが、その余裕もなく十七時四十五分の急行にやっと間に合って飛び乗った。列車は駅ごとにアドリア海の休日を楽しんだ乗客を加え、次第に混みあい、乗れない人も出てくる有様だった。したがって、例によって列車はボローニャに遅れて到着する。

帰路の足でそのままレストランを探し、カミネット・ドーロという店に入る。ボローニャでは洒落たレストランが沢山あり、その点も楽しみだ。テリーヌ、トルテリーニ、タリテーリャをとる。

五月二日（水）

八時半にカメラをもってホテルを出る。インディペンデンツァ大通りを駅方向に行くが、押し寄せてくる出勤の人々の波に逆らって歩くことになった。そして駅前のバスターミナルは、列車から降り、バスに乗り換える人々で大変な混雑ぶりだった。バスの切符売場で、サン・ミケーレ・イン・ボスコに行くバスの番号を聞き、往復用二枚の切符を買った。それから駅のバーでカフェ・ラッテを飲み、目的のバスを待った。到着したバスは既に満員だったので、やむなく降車口から乗り込む。ボローニャの中心部であるネットゥーノ広場を過ぎるころからやっと空きはじめ、市の南のカスティリヨーネ門を出ると車内で立っている人がまばらとなった。バスは静かな住宅街のなかを上りはじめ、やがて狭い急な坂道をあえぎながらのぼりつめ、サン・ミケーレ・イン・ボスコ前の広場に到着した。終点で下車したのは三人だった。

はじめ、正直なところ、サン・ミケーレ・イン・ボスコがこんなに街に近いところとは思っていなかった。スタンダールの記述を読むと、もっと高いところのような気がする。ゲーテの剽窃ではあるが、なにしろパドヴァの山並みが遠望でき、晴れた日にはアドリア海までが見えると書いているのだから。しかしそのためには、実際はもう少し山のうえの方に登って行かなくてはならないようだ。それでもなかなかの展望をあたえてくれる。広場のテラスからは目の下にボローニャの街が赤い屋根瓦で広がり、数々の塔が屹立している。《塔の街ボローニャ》というのがここにきてはっきりと分かる。町をとり囲む田園地帯もはるかに望むことができる。

元のサン・ミケーレ・イン・ボスコ修道院は割合に小さな建物で、街の屋根と同じ赤い瓦の屋根で、背後の緑と美しく調和している。スタンダールの言うように、確かにここはアペニン山脈の支脈の突端にあたる部分なのだろう。修道院の背後の丘にはところどころに別荘らしい建物が見えるだけで、その丘のかなたはさらに丘が連なっているように思えた。鳥の囀りを聞きながら、しばらくはそう広くないテラスをうろうろと写真を撮影したり、景色を眺めたりしていた。少し前までテラスの胸壁に沿って、リハビリ中らしい男性が、杖をたよりに不自由な足を運んで行き来していたが、いつのまにかいなくなっていた。街を見下ろしながら、ボローニャの塔からこちらを見たらどうだろうと、にわかに思いついた。それで急遽バスに乗って町の中心まで戻ることにした。

ポルタ・ラヴェニャーナ広場に斜塔ガリセンダと並んで聳え立つアシネッリの塔に行く。入口を入ると木の階段が螺旋状についている。窓口で千リラの入場料を払って、昇りはじめるが、すぐにこれが容易ならないことだと気がついた。途中でうえから降りてきたアメリカ娘があと三百三十段あると教えてくれ、グッド・ラックと声をかけてくれたが、九十七メートルのこの塔を少し甘く見ていたと反省した。とにかく最近の超高層ビルに較べればずっと低いわけだが、徒歩で上がっていくのだということを忘れていた。しかし、息を切らせながら頂上に到達すると、さすがによかった。先ほどまで立っていたサン・ミケーレ・イン・ボスコのテラスも南正面に見え、早速カメラを向ける。二百ミリの望遠レンズで丁度ファインダーにうまく収まった。また眼下にはエミーリャ街道が一直線に家並みをかきわけて西に向っている様子も見えた。風に吹かれながら、塔のうえからしばらくはボローニャの名所を探訪した。

塔を降りて、昨日訪ねたが閉館していた国立絵画館に行く。何と言ってもグイド・レニの傑作に出会えるのが楽しみだった。あの少し上目使いで見あげる人物が中央に描きこまれた作品は、独特のやさしさをもっている。巨大な画面をもつが、少しも大袈裟なところはなく、また観る人を疲れさせることもない。このほか、カラッチ一族の作品、グェルチーノ、フランチア、そしてドメニキーノの大作などを大いに堪能する。近代の作品はある程度買い漁ることができても、こういった近代以前の作品は、もはや絵画市場に出ることはないし、日本の成金たちにはお生憎様だ。もっとも、画家たちの活躍した土地に行かなくては見ることのできないこれらの作品は、日本ではほとんど知られていないから、仮にデッサンみたいなものが市場に出ても、かれらは買おうとしないかもしれない。これらの作品に較べれば、印象派以降の近代絵画はずいぶんと軽いものだ。日本人にも理解しやすいというところが、既にそのことを証明している。

一度ホテルに戻ってから、パルマに行くために再度ホテルを出る。十三時三十八分の列車に少し間があったので、駅のバーでモルタデッラのサンドウィッチを齧り、ビールを飲んだ。待合室に入ると、一九八〇年八月二日のテロによる爆弾炸裂のあとに花輪が捧げられていた。多くの犠牲者が出たが、そのなかに日本人の二十歳の青年がいた。

パルマでは、まずパラッツォ・デッラ・ピロッタの宮廷図書館にあるコレッジョの『聖母の戴冠』のフレスコを見たかった。スタンダールが「涙の出るほど感激した」という作品である。宮殿の静まりかえった大階段を昇り、図書館をたずねた。木の扉を押すと、館員の女性がいたので、コレッジョのフレスコを見たいのだがと切りだす。彼女はここにはコレッジョはシノピアしか残していないと言い、親切にもそこに案内してくれた。現在は公開されていない図書館の、装丁された本がぎっしりと詰まった書棚が並ぶ広い廊下を進み、一度左に折れると、その突き当たりの扉のうえの半円の壁に、なるほど聖母がイエスらしい人物から冠を頭のうえに差し出されている下絵があった。しかしこれは粗描というのにも程遠いものであった。コレッジョのあの優美さの片鱗も見られなかった。とにかく館員の女性の親切に厚く礼を述べ、図書館を出た。

ピロッタ宮殿の催物会場で建築家でもあり彫刻家でもあったベネデット・アンテラミの展覧会がおこなわれていたのでそれを見て、そのあとアンテラミの造った大聖堂付属洗礼堂をたずねる。十二世紀末から十三世紀中頃までかけて建設された八角形の美しい建物で、外部はアンテラミの彫刻に飾られている。また内部の天井フレスコもビザンチン様式の混じった美しい作品で、しばらくは坐ってクーポラを眺めていた。

しかしパルマはやはりコレッジョの町である。大聖堂のクーポラには『聖母被昇天』が描かれているが、その中心の吸い込まれそうな天空に向って、イエスの導きで聖母が天使や聖人のいる三層の雲の輪のなかを上昇していく姿をとらえている。また大聖堂の隣のサン・ジョヴァンニ教会のクーポラには『聖ヨハネの幻覚』が描かれている。こちらの堂内は修復中であったが、クーポラのしたに足場が組んであって、見学者は天井のすぐ間近まで上ることができた。アシネッリの塔で疲れている足を励まし階段を踏みしめて最上部まで行くと、フレスコに手が届きそうであった。そこには美術の専門家のたまごらしいガイド嬢がいて、見学者が何人かまとまると説明を買って出ていた。こちらは大聖堂のフレスコに較べて構図は単純である。老いて死に瀕している伝導者ヨハネをマタイ、マルコ、ルカなどの聖人たちが見守っていて、中央の天空でキリストがヨハネを招くような姿で描かれている。しかし聖人たち一人ひとりが、それぞれの特徴を力強く発揮しているようだ。ここではかれらの識別は象徴によっておこなわれるのでなく、あくまでもその姿形である。唯ひとり聖ペテロだけがかれの象徴である鍵を手にしている。

サン・ジョヴァンニ教会を出て、骨董店や書店をのぞきながら駅まで戻る。ピロッタ宮殿の近くに〈スタンダール〉という名の四つ星ホテルがあった。パルマは『パルムの僧院』の舞台でもあり、スタンダールを疎かにはできないはずだ。作家の名前を冠した通りもあるが、それは町はずれのけちな通りである。ボローニャにもミラノにもスタンダール通りはあるが、町はずれである。その通りの住人は名前の由来さえも知らないだろう。

十八時二十三分発の列車でボローニャに戻る。一時間もかからない。ホテルに戻って少し休息してから近所に食事に出る。パルマのハムにメロンのオードブル、スパゲッティ・ボローニャ、そして仔牛肉にハムをのせチーズで包んでオーブンで焼いたコトレッタ・ボローニャ、レモンアイスクリーム。

五月三日（木）

イタリア・スタンダール紀行（1990）

十時三十六分にパドヴァに向けて、ローマからウィーンに行く〈ロムルス〉号でボローニャを発つ。オーストリア国鉄の車両もなかなか快適。フェラーラを過ぎてポー河を越えエミーリャ・ロマーニャ地方と別れる。やがてパドヴァの山並みが見えてきて、バッターリャ・テルメを過ぎるとパドヴァである。駅前のグランド・イタリアに宿泊。

ホテルのフロントで、スタンダールに倣って、何か音楽をやっているだろうかと訊ねる。フロント係の指し示したポスターを見ると、今日はヴェネト・フェスティヴァル（タルティーニ記念国際音楽祭）の初日。地元のイ・ソリスティ・ヴェネティがモーツァルトを演奏し、しかも客演するのは日本でもてはやされているあのスタニスラス・ブーニンだ。フロント係が言うには、ガリバルディ広場のレコード店リコルディで切符を発売しているとのことで、あとで行ってみることにする。

銀行で旅行者小切手を現金に換え、簡単に昼食を済ませてから、バスでストラに行く。学校帰りの生徒たちを満載したバスはすぐに市街地を出てのどかな田園風景のなかを走った。乗客を少しずつ降ろし、三十分で終点のストラに到着した。運転手にピザーニの宮殿をたずね、教えられたとおりに歩いていくとその広大な別邸に辿り着いた。現在は国立の博物館になっているが、見学は午前のみで残念ながら内部は見られなかった。しかしブレンタ運河に面した正面と、鉄柵のあいだから見える庭園を眺めて満足する。十六世紀の建築家パッラディオによるこの宮殿の様式は、ヴェネト地方の別荘建築に一種の流行をもたらしたようだが、正面はギリシアの神殿のような石柱を備え、左右対称の翼をもっている。白い建物が午後のひざしを反射して、見ているのが眩しいくらいだ。日陰がないので、適当に切り上げ、町の方に戻りながら運河沿いにつくられた小公園の木陰のベンチで休む。イタリアの午後は、街道を車が疾走しているにもかかわらず、けだるい静寂が漲っていた。

三時にリコルディに行き、演奏会の切符を求める。二万リラで席は指定されていない。会場はコンセルヴァトーリのオーディトリウム。曲目はパイジェッロの小品に続いて、モーツァルトのピアノ協奏曲K四一四と交響曲K五四三。バスの切符のような小さな券を大切にポケットに収める。

ようやく賑わいはじめた通りをサンタ・ジュスティナ教会まで歩き、町の中心のサント広場に出て、大聖堂に詣でる。そのあと再びカヴール広場近くまで戻り、スタンダールも立ち寄ったカフェ・ペドロッキで一休みする。ペドロッキのサロンでは、カプチーノが三千リラした。しかしやはりなかなかの雰囲気だ。そのうち店内に「スタンダール、ラ・チェルトーザ、ラ・リヴォルツィヨーネ」と書かれたポスターが出ているのに気が付く。近寄って見ると、このペドロッキで五月一日に「一八一五年のパドヴァとスタンダール」という題でシンポジウムが開かれ、もっかは「ナポレオンからオーストリア支配下までのパドヴァ」という展覧会が二階で開かれているらしい。早速店のレジを打っている年配の女性にこの展覧会のことを訊ねてみるが、彼女はあまり事情に通じていないらしかった。それでも持ち場を離れて、二階への昇り口まで案内してくれた。あいにく閉まっていて、彼女は会場がいつ開かれるかわからないと気の毒そうに言った。

一息入れたので、パラッツォ・デッラ・ラジョーネで開かれている大規模なルーベンス展を見ることにする。ルーベンスというと、どうもピンク色をした肌の肥満した女体にいつも辟易させられ、今回もそれほど気をそそられたわけではなかったが、せっかくの展覧会でもあり八千リラを出して見ることにした。しかし予想に反して楽しめた。あまりに大きな画面でひたすら観る人を圧倒するといった作品が少なかったせいかもしれない。しかしやはり力強い筆の運びで殺戮や地獄の様がすさまじいまでに描かれていた。

七時にホテルに戻りシャワーを浴びて、今度はカメラやガイドブックの類を置いて出た。九時からのコンサートを控え、ゆっくり食事というわけにいかなかったが、この地方の名物料理のフェガート（レバー）とサラダで簡単に済ます。しかしレバーの量はかなりのもので満腹してしまった。一日の疲れで眠くなってはいけないと、用心してワインは控え目にしたが、食べすぎてしまって、ますます用心が必要になった。

九時少し前にカッサン通りのチェーザレ・ポリーニ音楽院のホールに到着した。会場でも切符を売っていて、何という余裕。ホールは八百人くらいの収容能力だろうか。席が指定ではないので、十二列目の中央に空いた席を見つけて坐る。町の人びとはお互いに挨拶をしたりしていて、なかなか開演の様子はない。舞台の袖から会場を見ていた係が、場内が落ち着くのを待って、楽団員を舞台に登場させる。団員は皆若く、音楽院の秀才たちかとも思われた。指揮者のクラウディオ・シモーネが長身のからだをくねらせ、にこやかに愛想よく現われ、観客も地元の音楽家ということで暖かい拍手で迎える。パイジェッロのオペラ『ふたりの伯爵夫人』の序曲が軽快にはじまる。第二ヴァイオリンのチーフは日本人の男性演奏家で、シモーネの信頼を受けているらしく、シモーネが頼りにしている様子が伝わってくる。いよいよブーニンが出てきて、モーツアルトのピアノ協奏曲第十二番になる。会場はこの若いピアニストをやはり熱狂的な拍手で迎える。かれが鍵盤に手を触れるや、音が湧き出るかのように響きわたる。実に楽しそうにからだを動かしながら自在に音をあやつっている。やはり天才なのだろう。シモーネはあくまでもブーニンに合わせてオーケストラを響かせている。演奏が終わると大変な拍手でブーニンはバッハなど二曲をアンコール演奏。休憩があって、そのあとはイ・ソリスティの交響曲第三十九番で、アンサンブルよく演奏された。アンコールはメヌエットだった。

十一時に幸せな気分で会場を出て、スクロヴェェニ礼拝堂の前を通ってホテルに帰り、バーでビールを飲んでから部屋にあがった。

五月四日（金）

今日はヴェネツィアで一日を過ごす予定でいたが、ペドロッキでの展覧会が気になり、朝のうちもう一度ペドロッキまで行って見ることにした。九時前に着き、店のまわりをウロウロするが、二階への入口は固く閉ざされていた。ペドロッキも、裏手はストリチと称する別なカフェになっていて、土地の人たちはどうやらこちらの方を利用しているようだということが分かる。それでそこの椅子に坐り、カフェ・ラッテとコルネット（イタリア風の甘いクロワッサン）を注文する。二千百リラで安い。店内には例のポスターが貼ってあり気持を落ち着かなくする。それでも三十分ほど坐っていた。勘定を払って店を出るとき、一人で立ち働いていた娘に、ポスターをもらえまいかと言うと、彼女はためらうことなくガラス戸に貼ってあった一枚を剥がしはじめた。お礼に五千リラを差し出すと、彼女は顔を赤らめて固辞したので、無理矢理手に握らせて店を出た。二階への扉口は開く気配さえもなく、諦めてそこを立ち去る。

遅くなったが十時二十八分の汽車でヴェネツィアに行く。パドヴァから三十分である。

サンタ・ルチア駅からヴァポレット（乗合船）でアッカデーミアまで行く。そこで降りたもののアッカデーミア絵画館の前は長蛇の列である。建物が古いので入場の人数を制限しているのだ。ここはあとまわしにしてドガナ岬の方に歩いていく。岬からリーヴァ・デリ・スキャヴォーニを望んでしばらくヴェネツィアの代表的な景観を観賞する。パラッツォ・ドゥカーレの独特な正面とそのかなたにサン・マルコ寺院の丸いドームが見える。

最初にイタリアを訪れたとき、ヴェネツィアを何となく敬遠したのを思い出す。あまりに著名なこの観光地にはなぜかしれないが享楽的なイメージがあった。フィレンツェのような古都という印象はなく、水と館の風光の都という先入観があったらしい。しかし何度目かのイタリア旅行で、今回のようにパドヴァに泊まり、その一日を水都へのエクスカーションに割いてはじめて訪れたとき、この都が多彩な魅力をもっていることを強烈に知らされた。街の路地、小さな教会、貴族の館、運河、橋、そしてヴェネツィア派の巨大な絵画と心を惹くものは数限りない。レースやヴェネツィアングラスの店、骨董店にさえ思わず誘いこまれてしまうような魅力を覚えたものだった。

大運河の対岸に渡り、カッレと称する小道を辿りながらフェニーチェ劇場に行く。一七九二年に建てられ、多くのオペラの初演で有名なこの劇場は一度火災で焼失したが、その名前のように蘇り、現在もオペラの上演を続けている。もっか上演しているのはヴェルディの『エルナニ』である。金色のフェニックスを飾った正面はカンポ（広場）に面して意外と小さいが、運河に面した背面に行くと、五つのアーチをもった堂々とした入口が広い船着場を備えていて、さすが水の都だと感心させられた。

正午になったので、食事時間でアッカデーミアが空いたことだろうと戻り、それでもしばらく並んで入場する。入口でバッグを預けさせられ不便な思いをする。ひとたび入ってしまえば、百八十名しか入場させないのでゆったりできる。二時の閉館時間までヴェロネーゼ、ティントレット、ベッリーニ、ジョルジョーネ、ティツィアーノ、カルパッチヨなどの大作をゆっくり鑑賞することができた。

いよいよヴェネツィアの中心のサン・マルコ広場に行く。広場に面したカフェ・フロリアンで休むことにするが、今回はテラスではなく、思い切ってそのサロンに坐ることに決めた。とにかくあまりに有名であるために、値段が高い。サロンでの紅茶が六千五百リラ、タルトが七千三百リラといった具合だ。店の入口に出ているメニューを見て入るのをためらう観光客が多い。なかにはちゃっかりテーブルのうえのメニューだけを記念にもち帰る人もいる。サロンは広場に面していくつもの小サロンに区切られていて、それぞれが違った風にしつらえられている。しかしいずれも古い時代を偲ばせる典雅なテーブルや椅子、壁の装飾をもっていて、雰囲気がある。壁にパッラディオやピザーニの肖像画がかかっているサロンの奥に行って腰をおろした。肖像画は円形の凝った金額縁に入っていて暗色の壁面に溶けこんでいる。乾いた喉をビールで湿らせる。カールスベルグ・エレファントが八千三百リラ。銀の盆のうえにグラスと一緒に運ばれてきたビールは冷え具合もよく感心したが、それは高い金を払うために生じた錯覚だったかもしれない。イタリアでそれほどに気を使っていることがありえるのかどうか。それに昔このカフェのテラスでコーヒーを注文したとき、茶碗に口紅がついていて、給仕にコーヒーを替えさせた記憶がある。フロリアンに対する悪い印象があったのだ。

ゆっくりと休んでから席を立ちサロンを出た。戸外ではテラスの客のためにステージで演奏がはじまるが、この広場ではフロリアンばかりでなく、これと張り合うクァドリとかラヴェナというカフェでもステージがあって演奏をしている。しかし広場が広大なので、反対側の音はほとんど聞こえない。

パラッツォ・ドゥカーレの二階の回廊に行き、そこからピアツェッタやリーヴァの様子を眺める。ピアツェッタの二本の柱のうえには聖テオドーロの像と聖マルコのライオンの像があるはずなのだが、ライオンがいないのに気づく。修復中なのかもしれないが、どうやって降ろしたものか。修復といえば、サン・マルコ寺院の正面も、ピアツェッタに面したパラッツォ・レアーレの壁面も修復中。遺産を抱えた町はたえまない修復に追われている。

パラッツォ・ドゥカーレを見学する。今回はできればこのなかに設置されている博物館を見学したかったが、この総督の館も修復中の箇所があって、見学のコースもかなり端折られてい、目的はかなわなかった。したがって元老院議場や外国使節謁見の間など主なサロンと牢獄を見た。ここでもヴェロネーゼやティントレットの巨大な絵画を楽しむことができた。

ヴェネツィアは小さな町だが、地図を確かめながら歩かないと、小道が小運河と入り組んでいて思わぬ方向に行ってしまう。パラッツォ・ドゥカーレを出てヴェネツィアングラスの店などを眺めながら歩いているうちに、リアルト橋を通って駅の方へ戻るつもりが迷路に入りこみ手間取ってしまった。ゴルドーニ劇場の脇を通ってやっとリアルトに辿り着いた。あとは記されている順路にしたがって駅まで、買物をする地元の人で賑わう商店街や、静かなカッレとカンポをいくつも抜け、ポンテを越えてせっせと歩いた。夕方の住宅地は建物から時どきテレビの音が洩れ聞こえたりしていた。

駅に着いて七時。バーでビールを飲み、七時二十五分発のボローニャ行きで帰る。パドヴァに着くと、さすがに疲れ、グランド・イタリアのレストランで夕食をとる。スパゲッティ・カルボナーラ、サルティンボッカ、温野菜とするが、量が多くて食べきれず、残してしまった。

五月五日（土）

旅も十日目になり、集めた資料がかなりの分量になったので自宅に送ることとする。朝、パドヴァ出発前に、ホテルの隣の文房具屋で厚手の封筒を買ってきて、二個を小包として、駅のなかにある郵便局に持っていった。ふたつで五キロ以上あったので、トランクは少しだが軽くなった。

十時五十二分の列車でミラノに向かう。昨夜よく眠れたのだが、その割には疲れていて車中でウトウトとしてしまう。ヴェローナを通り、ガルダ湖畔のデゼンツァーノ、ブレッシャを過ぎると、ミラノの地方である。中央駅に着いたのは十三時三十五分。駅の構内の銀行で小切手を現金に換える。それから駅裏の方にホテル探しに行く。なかなか思うようにいかず、二つ星のホテルに二日間だけ決める。三日目は別に探さなければならない。面倒なことだが仕方ない。とにかく、今日の部屋を確保したことで満足し、荷物を置くと、今度はロビーの電話ボックスからアリタリアに電話をして、帰りの飛行機の予約の確認をした。

ひと安心を得て、やっと外出するが、三時になろうとしていた。駅のバーでビールとサンドウィッチをとりながら、ヴァレーゼまで行ってみることを決心した。

十六時十五分発のドモドッソーラ行きでガララーテまで行き、十五分の待ち合わせでヴァレーゼ着十七時十二分。列車はヴァレーゼに近づくにつれて、勾配がきつくなったらしく速度が落ちて、風景も山中にきた感じだったが、ヴァレーゼの町自体は山間の町という雰囲気ではなかった。駅前のバスの切符売場でサクロ・モンテ行きのバス乗場を訊ね、往復の切符を買った。しばらく待つうちにバスがきて乗り込むが、乗客は数えるほど。バスは夕方の買物でにぎわう繁華街を抜けて、なだらかな斜面に広がる静かな住宅地を行き、やがて急な上りにかかる。道は狭く、九十九折れとなり、たちまち人里離れた深山に入ったような様相を帯びる。アカシアの白や黄色の花が重く房をなし、窓外の手の届きそうなところを流れていく。道をのぼり切ったところが広場になっていて終点である。テラスからは遥か下の方にヴァレーゼの赤い瓦の街や湖が見えた。

帰りのバスの時間を調べておき、広場からさらに奥のサンタ・マリア・デル・モンテまで行く。岩山を巻くような小道を進み、南斜面の方にまわると、そこには小さな街が丁度門前町のように一本のゆるやかな階段に沿って伸びている。小砂利を舗装した階段を上って頂上まで行き、まずは聖殿に詣でる。ここはマリア信仰の重要な巡礼地とのことだが、スタンダールは一八一一年に恋人のアンジェラ・ピエトラグルアを追ってここにやってきた。恋人の思い出とここから展望した風景がかれのなかで結びついている。実際、海抜八百八十メートルの聖殿からはヴァレーゼの湖だけでなく西にマッジョーレ湖も見え、なかなかの眺望である。階段を下りながら、街の家並みをのぞくが、店といえば小さなおみやげ屋と数軒の食堂だけである。夕方のことで人影もまばら、家々もひっそりとしていた。家並みを抜け、この山上の突端にある礼拝堂を訪れる。かわいらしい建物である。なんでもヴァレーゼの町から旧道をやってくるとこうした礼拝堂が点在し、巡礼はそれらをお参りしながら聖殿に到達するらしい。バスでたちまち到達するのでは、参詣のご利益はないだろう。

のんびりと天上の気分を味わい、十八時四十五分のバスで下界に降りる。来るときに一緒だった数人の人が同乗した。時間があれば、ここより二百メートル高く、谷をはさんだ彼方に見上げるように聳えているカンポ・デイ・フィオーリまで歩いて、湖水地方全体を展望してみたかったのだが、それは別の機会にゆずることにする。バスはアザレアや藤や種々の花が咲く美しい庭をもつ別荘のあいだを通って街のなかに戻った。時刻表を開くと、十九時十五分の列車があるが、間に合いそうにない。しかしここはイタリア、ことによったらとバスを下車してから急ぐと、予想が的中して、遅れてやってきた列車に間に合ってしまった。ミラノ中央駅まで直通で、到着は二十時三十分。駅のセルフサーヴィスでまずい食事をとる。レストランを探すのが面倒だった。

五月六日（日）

午前中は市内を見学することにする。地下鉄でドゥオモまで行き、ヴィットリオ・エマヌエーレ・アーケードを抜けてスカラ座に行く。昨夜はヴェルディの『ラ・トラヴィアタ』が上演されたようだったが、今夜はスカラ座の管弦楽団がロストロポーヴィッチのチェロでチャイコフスキーを演奏する。しかし疲れていて、今は音楽をゆっくり聞く余裕がない。心残りだが振り切って切符の窓口は素通りし、目的の演劇博物館を再訪する。展示物は以前に見学した折とあまり変化がない。いくつかを写真撮影し、絵葉書を求める。一方、壮麗な劇場内は、舞台でオペラ関係の人たちが働いていて、舞台のいちばん奥まで見渡せたが、『トラヴィアタ』ではどんなセットが組み立てられたのか思わずぼんやりと想像してしまった。

演劇博物館を出て、ブレラ街を歩き、ブレラ美術館に行く。中庭に立つカノーヴァ作のナポレオン像に鎖が巻き付けてあるのを見て、なにかしら不安を感じる。二階の入口で入場料を払うとき、五万リラの札しかなく、係は釣銭がないからと、無料の切符をくれた。そのままにできないので、売店で美術館の案内書を求めて五万リラを細かくし、料金を払いに行ったが受け取らなかったので、今度はイタリアでもこんなことがあるのかと感激する。しかし、最初の不安の方が的中した。美術館は改修中で、見学できる部分はきわめて限られていた。無料にしてくれたのも、四千リラと表示してある入場料が、実際のところは無料だからなのではないかと勘繰ってしまった。しかしそれでは好意を悪くとることになってしまうだろう。世の中には無料でも観光客をごまかして金を巻きあげる連中もいる。それにしても、元来どの程度のものが公開されていたものか知らないが、カタログで見るかぎり目白押しの傑作が、ほとんど見られないというのは残念でならなかった。

美術館を出て、一八〇八年から一四年までイタリア王国の陸軍省がおかれていたクザーニ館、ついでクレリーチ館の建物を眺める。昼近くなったので、少しシックな感じのピツェリアを見つけ、ピツァとサラダで食事。デザートのメレンゲのアイスクリームがうまかった。

午後は、ミラノのコンセルヴァトーリ（音楽院）、県庁舎、旧立法府などの建物を見て歩く。音楽院の建物は窓枠やヴェランダの造りがエレガントで非常に洒落ていて、そのオーディトリウムも是非見てみたいと思ったが、演奏会にくる以外内部を見ることはできそうになかった。また、チザルピーナ共和国の立法府やイタリア王国の元老院に使われた建物は、非常に瀟洒であったが、今は何に使われているのか傷みが激しく、白壁は汚れ、二階建ての柱廊に囲まれた中庭は荒れていた。戦争でも無傷だった建築が、このまま朽ちていくのは淋しいかぎりだ。車の往来の激しい大通りに面しているだけに心配に思う。

　バビラから地下鉄で中央駅に戻り、十五時二十五分発ユーロ・シティの〈レマノ〉号でアローナに行く。ドモドッソーラを経てローザンヌからジュネーヴまで行く特急列車だが、三十分で下車するのが残念だった。この列車はマッジョーレ湖に沿って走り、シンプロンの長いトンネルを抜けると、アルプスの谷間からやがてレマン湖のほとりに出る。車窓風景がもっとも美しい路線のひとつである。

　アローナでは聖カルロ・ボロメオの像を訪れた。国鉄の駅からバスで十五分あまり。アローナの街を出ると、バスは坂道をカーヴごとに警笛を鳴らしながら上っていく。こうして像のある丘のうえに出るのだが、そこはかなり賑わっていた。マッジョーレ湖を見おろす絶好の場所で、青い湖水を白い遊覧船が走っていく様子がまさに絵のようだ。入場料を払って、像のある公園のなかに入るが、この像はすぐに大船ないし高崎の観音像を思い出させた。石造りの台座のうえまでは裏に取り付けられた鉄の螺旋階段を昇ってたやすく到達できた。そこからいよいよ聖カルロの青銅の体内に入るわけだが、これにはかなりの待ち時間を要した。一度に十人くらいしか入れない。グループは頭部まで行き、その後頭部についている窓や開口部になっている目から展望を楽しんだのち降りてくるのだが、そうしたグループをいくつも待った。内部ははじめ狭い螺旋階段になっているが、そのうち垂直の梯子になる。そこでグループのなかの女性は尻込みをはじめ、入れ替わって撤退する人も出てくる。頭部の窓からの眺めはなかなかの絶景であるが、内部は温度が高く、そう長居はできなかった。

ミラノの司教だったという聖カルロはミラノの聖人として信仰を集めているようだが、ここを訪れる人びとも聖人の像を刻んださまざまのみやげものを買い求めている。公園の入口の右と左に開いているおみやげ店はかなり繁盛していた。絵葉書を買ってから、道路をはさんだ反対側のカフェに行きオレンジジュースを飲む。店の人にアローナに帰るためのバスの時間を訊ね、そこの娘が親切にも調べてくれたものの、もう最終バスが出たあとでタクシーを呼ぶ以外ないと言われた。それならゆっくりしてと、しばらく丘のうえで風に吹かれながら湖の眺望を楽しんだが、思い切って湖畔まで丘を降ってみることにした。歩行者用のかなり急な小径をぶらぶらと降っていき、国道と鉄道線路が平行して走る湖畔に出た。しばらくは水際に出ることができず国道沿いを歩いたが、まもなく国道と線路が湖から逸れていき、代わって遊歩道ができていた。そこをアローナ方向に歩いていくと、次第にリゾートホテルやみやげもの店が湖畔を埋め、散策する人も多くなってきた。遊歩道に藤棚ができていて、白や紫の房が垂れさがる下は甘い香に包まれていて快かった。湖の対岸の方は、西のひざしに照らされてまだはっきりと別荘の白い建物が緑のなかに識別できた。

やがて遊覧船乗り場にぶつかり、探すまでもなくアローナの駅がその向かい側に見えた。十八時四十四分のミラノ行きユーロ・シティの〈チザルピン〉号に間に合うことができたが、待てどもやってこない。結局四十分あまりも遅れて到着した。したがってミラノ着も二十時をまわっていた。疲れて駅前の食堂に入ると、近くのテーブルに日本人の女性二人がすでに食事をしていて、誘われるままに同席する。彼女らはパリからヨーロッパの旅をはじめたとのことで、明後日の八日にはチューリヒから帰国の途につくとのこと。ワインが多少入っていたせいもあって、饒舌に旅行中の失敗談を披露してくれた。しかしすっかりヨーロッパに魅せられてしまったようで、目前に迫った帰国を残念に思う気持が話のなかに色濃く表れていた。

五月七日（月）

二泊という約束で泊まったためホテルを近くの三ツ星に移す。銀行で残りの小切手を現金にして、そのあとコルドゥシオの郵便局に小包を出しに行った。

ミラノの街を歩いていて気がついたのだが、やはりほんとうにブティックのウィンドウをやたらと写真に撮っている日本人がいる。以前、アントニオーニの映画のなかにそうした日本人が、いかにもデザイン泥棒といった風に嫌味に描かれていて、気分を害したことがあった。しかし真実だった。見かけた連中は、ひとりがこれと命じるものをカメラマンが写すというやりくちで、次つぎすばやくやっていてあきらかに泥棒の手口。それを利用しないとしても、これはやはりどう見ても許しがたい。かれらがどこかで袋叩きに会いますように。

はじめてミラノを訪れた二十年前に観光案内所でもらったミラノの地図に「ミラノ市博物館」というのが出ているので、それを探して記載の住所まで行ったが、見当らなかった。市販のガイドブックには出ていない博物館だけに、期待していたが、これが見事にはずれてしまった。なくなってしまったのか、移転したのか。観光案内所で一度訊ねてみる必要があると考える。

午後、十二時半の列車でコモに行く。発車直前に、最後部の車両の最後のドアから飛び乗る。しかしおそろしく混んでいて、前の方に進むために通路を行こうとしても容易ではなかった。ドアの近くに立って、汗を拭きながら、三十分間がまんした。

コモでは、駅から湖の船着場までタクシーに乗った。船は十三時三十分発で少し余裕があった。ベラッジョまで切符を買うが、九千五百リラだ。コモには以前にもきているが、湖水を船で行くのははじめてである。発車の鐘を合図に、船はエンジンの音を響かせ動きだし、波をけたてたちまち湖の中央に出る。高速船で、急行ということになっているらしかった。しかし湖畔の丘のなかには美しい別荘が建ち、船上からの眺めも格別であった。

スタンダールの著書で馴染みの地名を追いながら、あれこれ見当をつけ、風景を追っていた。バルビアネッロ岬をまわるとトレメッゾに到着し、船は次に対岸のベラッジョに向かう。トレメツィーナの浜とはどのあたりだろうと考えたり、あれがカーサ・ソンマリーヴァではないかと推測し、カメラのシャッターを切ったりした。

ベラッジョでは、まずヴィッラ・メルツィを訪れる。湖上からそれと分かる別荘であったが、表示もはっきりと書いてある。そして少し行くと、「ヴィッラ・メルツィの庭園はアザレアとシャクナゲが満開です」という横断幕が出ていた。しかし、実際はもう終わりになりかかっていた。入園料三千五百リラ。

スタンダールの著書に馴染んでいるものにとっては特別な意味をもつこのヴィッラも、そうでないものにとっては美しい庭園を見学するだけである。ここの主人メルツィという人物がいかなる人だったかさえ考えようとはしないであろう。花や屋敷や湖を背景に写真撮影をしている家族やカップルがいた。庭師は観光客が芝生に入るのに神経質になっているようだった。実際、広大な庭はよく手入れされ、湖水がひたひたと打ち寄せる岸辺のプラタナス並木もきちんと剪定され、芝生には雑草が見られなかった。

館は三階建てのほとんど正方形に近い白亜の建物である。内部は公開されていない。離れた別の平屋の建物がわずかの展示物を並べている。しかしその内容はナポレオンに関係したものが多く、しかもあまり価値のないものだ。メルツィについては、できの悪い油彩の肖像画とガラスケースに入った銅版による小さな肖像画が展示してあるくらいで、もう少し人物についての紹介なり、当時の様子を知らせるものがあってもよいのではないかと思った。

メルツィを偲び、かなりのんびりとその庭園に留まっていたが、そこを去り、ベラッジョの街に戻りカフェに入って一休みする。そのあと観光案内所に行き、町の地図をもらい、ヴィッラ・スフォンドラータ（別名セルベローニ）について問い合せる。ベラッジョの街のうえに広がり、ふたつの支湖を望めるこの広大なヴィッラは、いまではロックフェラー財団の所有になっていて公開されていないとのことであった。やむなくヴィッラの入口まで上っていき、そとから内部の様子を観察させてもらう。館そのものの外観は際立って美しいものではないが、糸杉の巨木が林立する緑のなかでその薄茶色の壁と赤い瓦が好対象を見せていて印象的である。しかし何としてもヴィッラは高台にあるので、外部からはほんの垣間見るだけで残念な思いだ。時どき、電動式の鉄柵が開いて門のなかに車が入って行くのを見た。

ベラッジョの小さな街の商店街を湖水に向かって下る。三メートルほどの幅の階段状の道に面してみやげもの店や普通の商店があったが、その一軒の店頭にいた中年のおやじさんから日本語の単語で呼び掛けられたのには驚いた。今や日本人はどんなところにでも出没するし、ミラノまで押し寄せているのだから、その奥座敷のコモ湖に現われても不思議はないのだが。

五時に再び船でベッラーノに向かう。対岸のメナッジョに停泊したあと、再び湖水を横断して、ヴァレンナ、そしてベッラーノである。湖畔のどの町も湖から眺めると、教会の尖塔だけが聳え、それを囲むように家々が寄り集まっている。ベッラーノまで三十分ほどだ。船着場から国道を横切って国鉄駅まではすぐであった。線路の反対側は岩山がせまっていた。ソンドリーノからの急行列車は遅れずに十八時十分に到着。この駅からは数人が乗っただけであった。列車はコモ湖の支湖に沿って走るが、こちらの部分は他方に較べて大分異なった様相を示している。緑よりも岩壁の石灰色が目につき峻険な姿だし、スタンダールが書いているとおりである。陸地の遠くには高い岩山が連なっているが、これがレゼゴン・ディ・レーク（レッコ連峰）なのだろうか。レッコを過ぎて湖から遠ざかると、疲労で眠くなった。ウトウトしているうちにミラノ中央駅に到着した。十九時五十分だった。

一旦ホテルに戻り、それから近くのトラットリアへ食事に行く。ミネストローネ・リゾット、コトレット・アラ・ミラネーゼなどを食べる。

五月八日（火）

ローマに戻る朝、早くから目覚めて時間が気になる。シャワーを浴びて身体をしゃきっとさせ、身仕度を整えて、七時半に朝食に降りていく。食卓で、先夜駅で予約した切符を取り出すと、こちらで申し込んだ列車と違う遅い時間のものになっているのにはじめて気がついた。その場で調べるべきだった。とにかくこれではローマ着が遅くなってしまうので最初の予定の列車に予約なしで乗ることにした。八時五十五分発のインター・シティ〈パンテオン〉号。幸いにも座席はほとんどが予約されていなかったし、空いていたので、サロン式の車両の適当なところに座る。ローマまでボローニャとフィレンツェに停車するだけだから、混雑することもあるまいと思った。

ミラノ発が三十分遅れ、この遅れは取り戻せなかった。ローマ着は十四時三十五分。それでも五時間あまりで六百三十キロを走っている。フィレンツェから前の座席に座ったのはアメリカ人の初老の婦人。ひとりでイタリアの旅を楽しんでいるらしく、ローマまでのあいだ絵葉書に便りを書いたり、フィレンツェで買ってきたらしいバッグを取り出して眺めたりしていた。アメリカ人にしては言葉少なく、品よく、こちらのことを詮索することもなかった。

ローマ・テルミニ駅で、ローマを出立する前に泊まったヴィッラ・デッレ・ローゼに電話をして、空室があるかどうかを訊ねると、あるとのことで予約して赴く。フロント係は顔を見覚えていてくれたようだった。

荷物を置くと、地下鉄でチルコ・マッシモ（大戦車競走場）まで行き、サン・グレゴリオ教会とその周辺を歩いた。しかし暑さに疲れたのでホテルに戻って休息。部屋でシャワーを浴び、荷物の整理をしていると、そのうち戸外で雷鳴が聞こえた。めずらしく驟雨があった。

六時頃、食事を兼ねた散歩に出るとき、雨は小止みになっていたが、それでも途中でまたひどく降ってきて、雨宿りを余儀なくされた。地下鉄でバルベリーニまで行き、ウィンドウを眺めながらトリトーネ通りを下っていると、ひとりの男が近づいてきた。地図を広げて英語でトレヴィの泉はどこだろうと訊ねる。よくある手だ。そのうちビールかコーヒーを誘うのが常套手段。自称スペイン系アメリカ人は、ローマにはじめてきたが友人もいないので云々と、案の定コーヒーを一緒にどうだろうと誘った。トレヴィの泉への案内板を見つけたので、そこに注意を促したが、かれにとってはもはやそれはどうでもいいらしかった。こちらは、スペイン階段で友人と待ち合わせているからと、かれから逃れようとして、かれの方も諦めざるをえなかった。こちらがトリトーネをさらに下って歩きはじめると、スペイン階段はそっちではないと行き方を教えてくれたのには、思わず笑ってしまった。

教えられたとおりスペイン階段に行ってみたが、雨後の階段と広場はなんとなく淋しく、勤め帰りの人で混雑する地下鉄に乗ってホテルの近くまで戻り、レストラン・ナザレノで少し早い食事をした。

五月九日（水）

朝の五時頃、小鳥の声で目覚める。ローマのまっただ中にいて信濃追分の森のなかにいるような錯覚を覚える。八時頃朝食に降りていく。イタリア滞在の最後の日を迎えた。明日は十二時五十五分に飛行機が出発するが、二時間前にフィウミチーノに着いていなくてはならないだろうし、それを考えると九時半にはホテルを出る必要があり、まったくの移動日でしかない。ローマを見るのも今日限りである。

九時過ぎにインディペンデンツァ広場からバスに乗り、ヴェネツィア宮わきまで出て、ジェズ教会で再び聖イグナチウス・デ・ロヨラの礼拝堂を眺めた。本堂で朝の礼拝が行なわれていたので、荘厳な雰囲気でこちらも身を堅くしてひっそりと眺めていた。そのあとパンテオンの近くの書店で、旅のはじめに見かけた『ローマの宮殿』という写真集を買い求めた。アルジェンティーナ広場まで行き、今度はバスでジャニコロの丘の下まで乗り、階段を上って、サン・ピエトロ・イン・モントリオ教会前のテラスへ出た。

二十年ほど以前に、フィレンツェに滞在して、一日をローマへの遠出に費やし、この丘にやってきた。『アンリ・ブリュラールの生涯』の冒頭で、主人公（著者）がこの場所に立ち、五十歳を迎える感慨を述べるのだが、スタンダールの設定したこの場面に是非行ってみたいと思ったのだった。そして実際にやってきて、そこが昔から有名な、ローマを展望するテラスであることを知り、と同時に、スタンダールが書くほどにはローマのすべてが見えはしないということを理解したのだった。あの時からはやくも二十年が経つのだ。しかも、こちらも今年は五十歳になろうとしている。あの時はまだスタンダールの年齢まで随分と隔たりがあるように思えた。それが、今では地図を見るにも老眼鏡が必要となり、歩いてはすぐ疲れ、忍び寄る老年の影に怯えねばならない年齢になったのだ。スタンダールは書く。

「五十！　私はやがて五十代になる。〔…〕一体私は何ものであったか。〔…〕陽気であったか陰気であったか、才知のある人間であったか愚者であったか、勇気のある人間であったか臆病者であったか、結局綜合して幸福であったか不幸であったか〔…〕」（第一章）

同じ質問を自分に発してもいいかもしれない。しかしスタンダールのように生涯を振返って自伝を書くには早いように思える。むしろ日記によって自分を問いなおすというのが適当かもしれない。しかし忙しさに埋没して、日記すら持続しえないのが現実だ。手はじめにこのイタリア旅行の日記をまとめることからやってみることにしよう。人生の終わりになって、スタンダールのように曲がりなりにも「わたしは自分の一生を無駄に費やしはしなかった」と言いたいものだと思う。

以前にはテラスの前のプラタナスが高く聳え、その鬱蒼とした繁りが眺望を邪魔していた部分があったが、プラタナスの勢いも衰えていて、市内がほぼ百八十度近く見渡せる。しかし、やはり目の前にパラティーノの丘などがあるため、サン・ジョヴァンニ・イン・ラテラノ教会などは見えない。スタンダールの書くものには架空のことがらが多いのはすでに周知のことである。しかしかれの文章はそれを現実のものと思わせてしまうものがある。設定の巧みさといっていいかもしれない。

スタンダールに付き合っての今回の旅行で、かれの高所好みに随分と付き合ったように思う。しかもそれらはスタンダールにとっての独自の場所ではなく、ほとんどが当時の、そして現代の観光名所といったところでしかない。しかしかれの筆にかかると、そこはかれ固有の場所に変化するように思える。スタンダールが観光的なことは一言も記さないゆえに、かえって場所に関わる想像を掻き立てるようである。

午前の光をたっぷりと浴びているテラスには、時々観光客が丘の方から降りてきて、車を止め、胸壁に寄り掛かってローマを展望する。しかし直射日光が強いので長居はしない。こちらも適当に切り上げて、丘の坂道を下っていった。

ナツィオナーレ通りを少し歩いて、レプブリカ広場のカフェテラスで昼食にした。ラザーニャ、サラダ、ビール、コーヒーで軽く済ませて、ホテルに戻りしばし休息した。

夕方、五時過ぎて、インディペンデンツァから七十五番のバスでクィリナーレの近くまで行く。あとは歩いて、フォロ・トライアーノ、フォロ・アウグストと見ていき、フォロ・ロマーノに入る。イタリアの旅を締め括るにはこの場所こそ最適のように思われた。パラティーノの丘に登っていくと、見学者も少なく、廃墟は夕日を浴びて静まりかえっていた。ここではあの騒々しい街のせせこましさが嘘のようだ。逆に、この広大な地域をとり囲んで広がるローマの市は、ここゆえに安らぎをえているのだ。

ペリスタイル（柱廊）のわずかに残る皇帝たちの執務区域や住居区域は、古代の貴族の優雅な生活を想像させ、想像はハリウッド映画の描くローマ人の生活にまで行ってしまいそうになる。逸楽的な生活の痕跡があちこちに見られるようであった。しかし、それをあたかも封印するように、あちこち隈なく大小のキリスト教会が建てられているのも奇異なものだ。

大理石の礎石のあいだ、傘松のつくる影のなかをさまよい、古代ローマ人の栄華をゆっくりと偲んだ。パラティーノは丘のはずれに立ってみると意外と高く、午前に訪れたジャニコロのサン・ピエトロよりも高いようだった。ティベリウスの宮殿跡につくられたファルネーゼ枢機卿の庭園を抜けて出口に戻るうちに、閉門時間の七時となり、番人が見学者に知らせ歩いているのにぶつかる。惜しみつつ、古代の廃墟を出て、現代の雑踏に舞い戻った。

それでもなおカンピドーリョ広場、マルケルスの劇場跡などを見学したあと、テヴェレ河を渡ってトラステーヴェレにローマ最後の夕食をとりに行った。

早春のフィレンツェ（一九九一）

（図６）フィレンツェ中心部

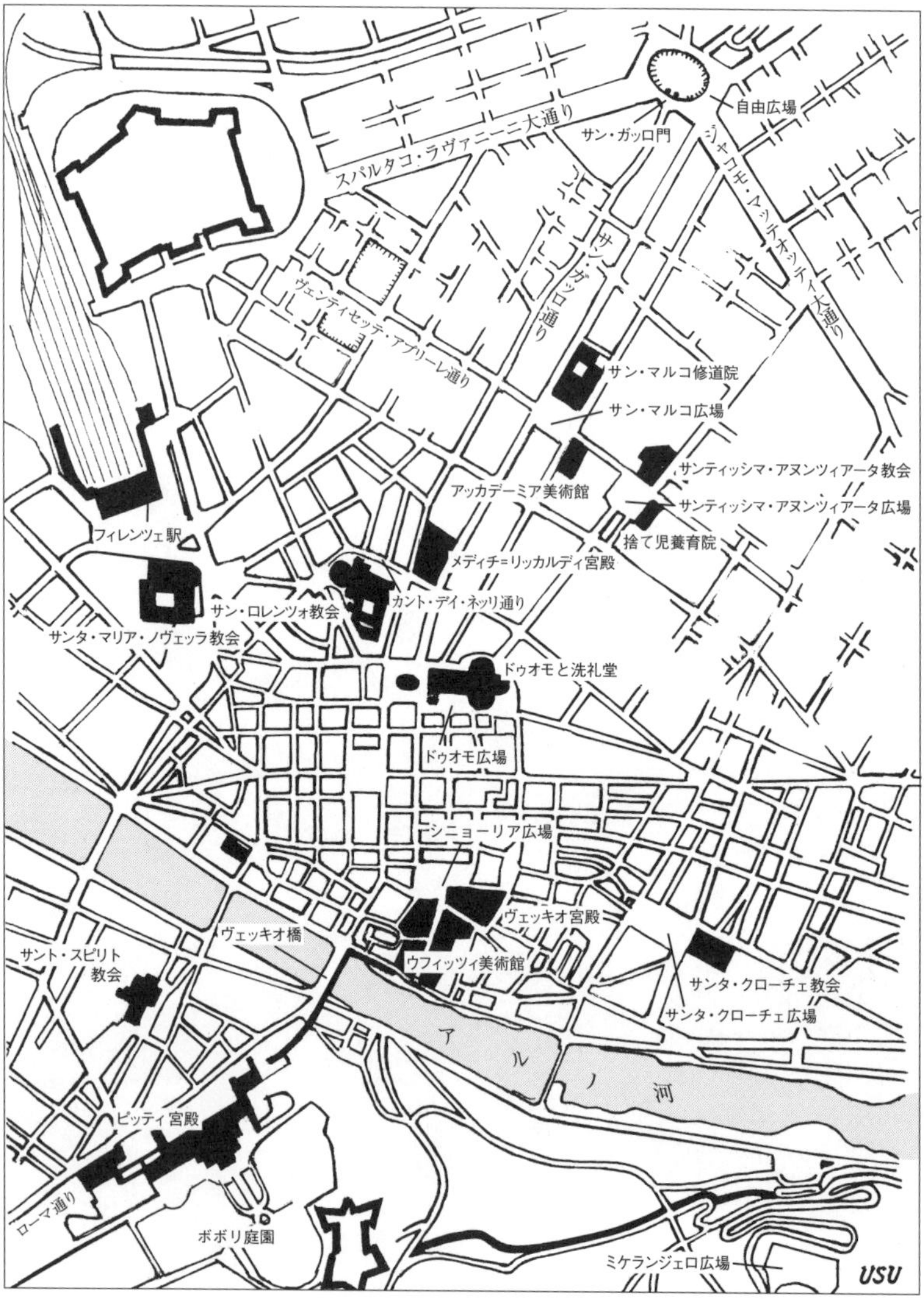

三月の北イタリアは、天候が定まらず、晴れて暑い日があるかと思うと、その翌日には雨の降る寒い日がやってきた。ミラノでそうした気候に翻弄されながら満たされない日を過ごしたあと、わたしはフィレンツェに行ってみることにした。ガイドブックのホテルリストを見ながら、ミラノのホテルの部屋から、フィレンツェに電話をかけまくった。これはと思うホテルは復活祭の休暇を過ごす客のために満員で、電話口に跳ね返ってくるのはつれない「コンプレート（満員）」という返事だった。しかしやっと一部屋を予約することができ、その翌日フィレンツェに出発した。

イタリアの大都市の駅は出札窓口がいつも混雑していて、出発時間の間際に行ったのでは予定の列車に乗りそこなう可能性が大きい。しかし近ごろではモニター画面を備えた自動販売機が普及し出し、それらではクレディットカードも使えるので便利になった。ただ、機械が故障していて、使用中止になっていることもあるから、それを完全に当てにすることはできないし、これがまたいかにもイタリアらしい。わたしはミラノ中央駅の自動販売機でフィレンツェまでの乗車券と特急券を求め、九時五分発の臨時のインター・シティに乗ることにした。

列車は雨のそぼ降る暗いミラノの町を、ゆっくりといくつものポイントを渡って離れはじめた。この大都会も膨張して、沿線の家並みはなかなか切れない。メレニャーノやローディといったフランソワ一世やナポレオンが戦ったことで知られている地名は、今や郊外のベッドタウンになっている。列車はそうした町を振り切るようにスピードをあげはじめ、萌黄色に煙るロンバルディーアの野を疾走して、やがて水量豊かに流れるポー河を越えた。

ボローニャまで二時間、そしてボローニャからフィレンツェまで一時間。天気は次第に晴れてきて、アペニン（アペニーノ）山中のトンネルを出るたびに、山のうえに広がる空の青さが深まり、陽射しも強まるようだった。しかし、フィレンツェの盆地に出ると、陽は照っているものの、空のそこここに雲の大きな固まりがあって、トスカーナ地方も傘を離せないのではという不安に捉われた。

しかし、サンタ・マリア・ノヴェッラ駅に下車したときは、日光も強烈に降り注ぎ、気温も上昇して、何かしら夏を思わせる陽気だった。不安な気分が消散し、心が浮き立つような思いになった。タクシー乗場に直行し、弾んだ気持でホテルの名を告げた。

タクシーは、直線距離ではいくらもないところを、コの字型に、ドゥオモまで行きそこからメディチ・リッカルディ宮わきを通ってサン・マルコ修道院へと、市内観光をするかのように走って、ヴェンティセッテ・アプリーレ（四月二十七日）通りのホテルに辿り着いた。道が狭く、一方通行の多い古都ではやむをえないことである。ところがタクシーが横づけされた建物は、ホテルというにはあまりに粗末で、タクシーが去りその建物の入口に荷物とともにとり残されたときは、暗い気持にならざるをえなかった。実際はその建物の一部分だけがホテルになっていて、エレベーターで三階まであがったところにホテルの玄関はあり、その階にはほかに医師の看板を掲げているドアも並んでいた。三つ星のホテルなのに、何やらペンションのようなアプローチに落胆する。それでも内部は磨きたてられていて、赤い絨毯を敷いた迷路のように長い廊下を通って案内された部屋は、何とか満足できるものであった。ただ、通りに面しているのだけが気がかりだった。四泊のあいだ安眠が脅かされることはないだろうか、と思った。

フィレンツェ、このルネッサンス美術で名だたる都市は、町全体がひとつの美術館みたいなもので、そのどこを訪ねていいか迷うようである。綿密な計画を立てて見ていかないことには、見尽せないだろうし、また印象も散漫なものになるにちがいない。これまでこの町に三度足を踏み入れているが、二回はウフィッツィ美術館を見学するために訪れ、そして三回目はサンタ・クローチェ教会にロッシーニの墓を詣でるために、前の年に立ち寄ったばかりであった。今回はスタンダールを案内役にして、いくつかの教会や博物館・美術館を訪ねる予定にしていた。しかし博物館・美術館は、教会所属のものも含めて午後二時までしか開いていないので不便きわまりない。

到着した日の午後、わたしが最初に向かったのは、サン・ガッロ門だった。往古、旅びとが北の方からアペニンを下って、ヴェッキオ宮殿の塔とドゥオモの丸屋根を遥かに望みながら、この都をめざして足をはやめ、到着したのはこの市門であった。簡素な煉瓦造りのアーチで、門のうえには屋根つきの見張り台があって、銃眼がついている。復元されたこの門の周辺は、現在では自由広場という名前の小公園になっている。そこにはサン・ガッロの門だけでなく、門に門を重ねるように、十八世紀にトスカーナ大公となったロートリンゲン公フランツの凱旋入市を記念して建てられたバロック的な彫刻に飾られた新古典主義風の門（ジャン・ニコラ・ジャド作）が建っている。旅びとスタンダールはこの壮麗な建造物を「できのわるい」と片づけている。現在は表面が剥落して、危険なために近づけないようになっている。

その広場から南にサン・ガッロ通りを下れば、サン・ロレンツォ教会前の広場に出る。

この道はそこからボルゴ・サン・ロレンツォと名前を変えてドゥオモ広場に達し、さらにローマ通りなど、いくつかの名前をとりながらヴェッキオ橋につながっている。地図で見ると、橋を渡った先はピッティ宮殿前を通ってローマ門まで続いている。つまりこの道は、フィレンツェを北から南に、正確には北北東から南南西に縦断する街道なのだ。

わたしは古い時代の旅びとになった思いで、サン・ガッロ通りを下って歩いた。観光の道筋からはずれ、今ではほとんど住人しか歩かない道は、石造りの建物が並ぶなかを、かすかにうねるように続いていた。そしてサン・ロレンツォ教会の前までくると、そこはもう観光の一拠点であり、この教会を鍵の手に囲むカント・デイ・ネッリ通りは、観光客相手のみやげものを売る露店がひしめいている。わたしは立ち止まらずに道を続け、ドゥオモ広場に出る。たいへんな人である。聖堂のなかに入りたい誘惑を感じるが、ここで何かを見学しはじめたら、もはや抑えがきかなくなり次つぎと手当たり次第に見て歩くことになるのではないか、と考えて自制し、洗礼堂をぐるっとまわって、天国の門（これは日本の企業によって修復されたばかりであった）の複製を一瞥して、もとの道に戻り、南へアルノ河方向へと散策を続けた。そこからヴェッキオ橋までは、商店が建ち並び、しかもそれらはどうやらいわゆる高級ブランドのブティックのようで驚く。ウィンドウ・ショッピングの人の波に運ばれるようにして、ヴェッキオ橋のうえに辿り着くが、そこも橋上の宝石店を見て歩く人でごったがえしている。わたしはベンヴェヌート・チェッリーニの銅像がある橋の中央にやっと到達して、アルノ河の風にほっと一息ついた。

第一日は、そのあとシニョーリア広場、サンタ・クローチェ広場、ドゥオモといった具合にアルノ河右岸の一帯を歩いた。スタンダールの言うように、フィレンツェでは旅びとは自分が一四〇〇年代にいると思いこんでしまう。夢中になって歩き、そのうち石畳が足にこたえて、帰路にはかなりつらかった。

翌日、わたしは朝の九時にサン・マルコ修道院に出かけた。ここはフラ・アンジェリコのフレスコで知られているが、スタンダールはその旅行記『ローマ、ナポリ、フィレンツェ』のなかで、なぜかフラ・バルトロメオの名前しかあげていない。それで、アンジェリコの陰に埋もれているバルトロメオを見たいという気持ちが強かった。しかし実際にその場に行き、アンジェリコの有名な『受胎告知』が、二階へ向かう仄暗い階段の踊り場を曲がったときに、階段上のとりつきの壁に現われると、やはり息を呑むような衝撃があった。二階の僧房のひとつひとつに、フラ・アンジェリコとその弟子によって描かれた聖書の場面も、美しく端麗であって、その内容にかかわらず見ていて気持がいい。わたしはすっかり魅了されたと言っていいかもしれない。総会室を飾るドメニキーノの『磔刑』や食堂を飾るギルランダイヨの『最後の晩餐』も見事ではあるが、何かしら見たばかりのフラ・アンジェリコの魔力の前にはうわの空になって、それらをしっかりと心のなかに止めることができなかった。そしてフラ・バルトロメオはといえば、なおさらのような気がした。大食堂の『幼児イエスを抱くマリア』のセピア色をした大きなタブローは、現に多くの見学者が一瞥しただけで通り過ぎていた。わたしのみならず多くの人がベアート・アンジェリコの魔法にかかってしまったようだった。わたしはカメラを取り出して、フラ・バルトロメオの作品を記録に止める。今、これを書きながらそれらを見てみると、大きな絵の断片と思えるイエスやマリアの像はすがすがしく、女性の顔はやさしさにあふれている。この修道院の院長室には、フラ・バルトロメオの描いたサヴォナローラの像があるはずだが、院長室は修復中で入ることができなかった。しかしどうしてフラ・アンジェリコではなくて、フラ・バルトロメオなのか。スタンダールが両者を混同していることもありうるのではないか、と考えた。

結局、サン・マルコ修道院で二時間あまりを費やし、そのあとサンティッシマ・アヌンツィアータ教会に寄り、スタンダールに倣って、アンドレア・デル・サルトのフレスコ『聖母マリアの誕生』ほかを見たが、フラ・アンジェリコの呪縛は解けず、時代を経て色褪せたフレスコは目の前を通過して行くだけのような気配であった。

アヌンツィアータ教会を出て、捨て児養育院の階段に腰をおろし、ぼんやりと柱廊に囲まれた正方形の教会前広場を眺めていた。強い陽の光が中天から照りつけ、教会の正面を輝かせ、反対側の裁判所の前に深い影を描いていた。一息入れ、気分の転換を計ってから、昼の残り時間をサン・ロレンツォ教会でミケランジェロの彫刻を見るために立ち上がった。

ホテルの部屋で休息したあと、夕方になって、サンタ・クローチェ教会を訪れた。今回はスタンダールが書いているヴォルテラーノのフレスコを見たいと思った。そこではふたつの礼拝堂に描かれたジョットのフレスコが有名なのだが、スタンダールはジョットについては触れていない。ペルッツィ礼拝堂のジョットのフレスコが、ほかの絵のしたに発見されたのがスタンダールの時代以降のこととはいえ、もう一方のバルディ礼拝堂のものは当時も著名だったはずなのだが、かれは何も言っていない。わたしはスタンダールが書いているように、内陣左手北東奥の礼拝堂天井にヴォルテラーノの作品を探したが、結局見つけることができなかった。後になってさまざまな案内書に当たってみたが、ヴォルテラーノのフレスコについては如何なる記述も発見できなかった。スタンダールの時代以降に、痛んで上塗りされてしまったのかどうか。スタンダールの時代には、この教会の正面のみならずドゥオモの正面でさえ完成してなくて、現在サン・ロレンツォ教会の正面に見られるように煉瓦の剝出しの状態のままであったというから、百七十年前のフィレンツェが現在と同じと考えるのはいずれにしても危険だと言える。当時のことをもっと色々知りたいと思う。そうすればスタンダールの観察についても、もっと理解できる部分が出てくるはずである。

発見できない心残りを抱きながら、サンタ・クローチェの側廊の偉人たちの墓を詣でる。ここはまさにフィレンツェのパンテオンといったところだ。スタンダールは「偉人たちの近くにいるという考えに恍惚となった」のだった。ミケランジェロ、マキャヴェッリ、ガリレオをはじめとして、スタンダールが若い時代に熱中し、のちには厳しい評価を下すことになるアルフィエーリ、かれと同時代人の作曲家ロッシーニや詩人フォスコロといった人たちが眠っている。著名な彫刻家たちによって刻まれた壮麗な墳墓のひとつひとつは、ロンドンのウェストミンスター・アベイのそっけない墓碑とは異なり、偉人たちを讃えるモニュメントとして独特の魅力をもっている。なかでも、ヴァザーリによるミケランジェロの墓は、三人の彫刻家によって刻まれた絵画、彫刻、建築を象徴する三女神によって守られているが、それはサン・ロレンツォ教会の、ミケランジェロ自身が制作したメディチ家のジュリアーノやロレンツォの墓を模倣しているようで、ほほえましい感じだった。

次の日は朝から雨降りで、傘をさしての外出となった。サン・ロレンツォ教会まで赴き、本堂と旧聖器室を見学。ここだけでもじっくりと見学したら、半日はかかってしまうだろう。建築と彫刻と絵画（フレスコ）が一体となってルネッサンスを代表しているような聖堂である。遠い日本にいると、わたしたちは、平面的で、写真でも分かりやすい絵画にいちばん親しむ機会が多い。しかし現地にやってくると、建築や彫刻にあらたな魅力を覚える。あるときは彫刻や絵画が建築の一部であることを納得する。この教会のドナテッロの説教壇は、サンタ・クローチェ教会の『受胎告知』とともに、ドナテッロという彫刻家についてあらためて見なおすように、わたしを促したのだった。

ドゥオモわきのＡＴＡＦ営業所で、バスの二十四時間通用切符を購入して、フィレンツェをバスで見て歩くことにする。まず十五番に乗り、アルノ河対岸のサンタ・マリア・デル・カルミネ教会を訪れる。マザッチョのフレスコで有名なそのブランカッチ礼拝堂は、教会の右手に見学専用の入口がある。アルバイトとおぼしい入場券売場やもぎりの女たちは感じのよくない連中で、持ち込み禁止の雨傘を預かってもらうのにも、いかにも嫌だという風だった。そして礼拝堂に入ると、そこには、すぐに帰れとばかりに、見学時間を制限する掲示が貼りだしてあった。しかし、雨がさいわいしたのか見学者も少なかったので、マザッチョ、マゾリーノ、フィリッピーノ・リッピによる『聖ペテロの生涯』を描いた見事なフレスコを心ゆくまで眺めた。このフレスコは修復が完成したばかりとかで、色彩も鮮やかだった。十五世紀にこの礼拝堂を寄進したフィレンツェの商人は、これを、後の世の人が入場料をとって見世物にするとは、よもや思いもしなかっただろう。フィレンツェの商人の伝統がこんなところに残っているのかもしれない。

バスで右岸に戻り、今度はヴェッキオ宮殿を訪れる。この要塞のような建築の外観はこの町の象徴とも言えるものだが、これまで内部に入ってみたいという気持にはなれなかった。今回もほとんど予定外の行動である。カルミネ教会から左岸の一帯を歩いてピッティ宮殿まで行ってみる予定でいたが、教会を出たときには雨のなかを歩き続ける元気をなくし、早々に中心部のシニョーリア広場に戻ってきて、雨宿りのつもりでそこに入ったというのが本当だった。広大な五百人広間のベンチに腰をおろし、ヴァザーリの工房によって飾られたという壁面の絵画や彫刻を坐ったまま鑑賞した。しかし、そこに落ち着くわけにもいかないので、この広間をとりまく部屋も見学して、三階まであがっていった。天井に描かれた絵画の主題によって、部屋に名前が冠せられていた。それとも、部屋の名前に合わせて、天井画が描かれたというのが正解なのだろうか。

シニョーリア広場に出ると、雨があがっていた。広場を囲むレストランやカフェが戸外に椅子を並べはじめたので、食事をすることにした。コジモ一世の像の傍のレストランに行き、戸外のテーブルに着き、ピッツァ・クァトロ・スタジョーニと赤ワインを注文した。強い陽の光がまぶしい。気紛れな天気だ。空腹がピッツァで満たされ、ワインがふさいでいた気分をほぐしてくれ、元気が出てきた。しかし、食事が終わる頃、空がにわかに暗くなり、給仕が慌てて勘定を取りにきた。こちらは丁度うまいぐあいに食べ終わったが、まだ食べている最中のテーブルやら、注文のものがきていないテーブルもあった。給仕がテーブルのあいだを駆けまわってテーブルクロスを取り入れているうちに、ポツリと落ちはじめ、やがて本格的に降りだした。これでは町を歩きまわるわけにもいかず、バスに乗って、一旦ホテルに戻ることにした。

しばらく休息するつもりでベッドに横になったのがよくなかった。寒い雨のなかを歩いて冷えたからだを、さらに冷やす始末になってしまった。起き上がったときに頭痛がした。シャワーを浴びてからからだを暖め、予防に風邪薬を飲んだ。それでも、夕方五時をまわってから、再び小雨降るなかを散策に出かけた。ドゥオモとアルノ河のあいだの小道を、小さな職人の店を覗いたり、書店に立ち寄ったりして、最後は郵便局前の〈ポスト〉というレストランで食事にした。

第四日目は、雨があがって朝から陽の光があふれていた。バスで駅まで行き、駅の近くのサンタ・マリア・ノヴェッラ教会を訪れる。緑色の縞模様がはいった白い大理石造りの正面が朝の光を反射してまぶしい。この教会では、主祭壇礼拝堂のギルランダイヨによる『マリアの生涯』と『洗礼者ヨハネの生涯』が圧巻である。いずれも多すぎるくらいの人物が、まるでフィレンツェの館の内部のような背景のなかで描かれている。聖書でなじみの場面が何かしらもっと卑近なものに造りかえられているように思えた。

この教会も、細かく見学していると際限がない。はじめは本堂だけを見るつもりでいたが、修道院にも触手が動き、結局、その緑の回廊やらスペイン人礼拝堂なども見る羽目になってしまった。そして次に予定していたウフィッツィ美術館にかなり遅れて駈けつけることになった。

ウフィッツィの前はあいかわらず長蛇の列だった。しかし嫌でも並ぶ以外に方策はない。イタリア人の若者たちのなかにいてかれらの他愛ないお喋りを騒音のように感じながら、およそ三十分もかかって入口に辿り着いた。入場券を求めると、石の階段を駆けあがるようにして三階のギャラリーまで上る。フィレンツェ派を中心とした絵画の傑作が、回廊に沿って並んでいる小室に、古代から十八世紀まで歴史的に陳列されている。すべてを満遍なく見ていたのではどれも印象に残らなくなるだろう。はじめてここを訪れたとき、レオナルドの『受胎告知』やボッチチェリの『プリマヴェーラ』とか『ヴィーナスの誕生』といったこの美術館を代表する作品に出会って感激したことを思い出すが、やはりこれらは常に欠かすわけにはいかない。こういった次第で、結局あれもこれもということになってしまう。

しかし今回の目的のひとつは、ベルナルディーノ・ルイニの『ヘロディアス』に再会することである。このヘロディアスはスタンダールによれば、かれの愛したミラノの女性メチルドに似ているという。当時この絵はレオナルドの作品と考えられていたようで、スタンダールもかれの書いたもののなかで作者をレオナルドとしている。事実、このヘロディアスはレオナルドが描いた《岩窟の聖母》に似た面立ちである。しかし、レオナルドの作品ではないと聞かされると、ヨハネの首を持つ男やヘロディアスに付き添う老婆の描き方とか、画面全体の構成が、やはりレオナルドのものとはちがうのではないかと想像できる。スタンダールはベルナルディーノ・ルイニ作と判明しているフレスコ画も愛好していたが、そこに描かれた聖母をはじめとする女性たちのなかにも、無意識的にメチルドの面影を発見していたのだろうか。

わたしは板にテンペラで描かれたこの小さな絵をしばらく眺めた。そして、この女主人公は決してヘロディアスなどではないと思った。まちがってこの陰惨な場面のなかに迷いこんだ心やさしいミラノの貴婦人といったところだ。ヨハネの首から顔をそむけるというよりは、その顔はこれにまるで関心もなく自分の思いのなかに沈んでいるようだ。手の先にある器は、ヨハネの首よりも思う人から贈られた花束を容れる方がふさわしい。スタンダールは、ウフィッツィでこの絵に出会ったとき、やはりこんな風に考えなかっただろうか。

ひと巡りして、丁度シニョーリア広場に面したロッジャのうえにあたるカフェテラスで、ビールとサンドウィッチの昼食とする。晴れて青空が赤い瓦の町の屋根のうえに広がっていたが、どうも安心はできないような気配だった。

ウフィッツィ美術館を出てから、前の日に行きそこねたピッティ宮殿のパラティーナ美術館に行ってみようとアルノ河を渡ったが、ウフィッツィで疲れていたので諦めて、ボボリ庭園で休むことにした。しかし丘の傾斜地に造られた庭園は、町の眺望を求めてうえに向かって歩くよう促す仕組みにできていて、汗をかきながら頂上まで行ってしまった。そこまで行くと、町の屋根のかなたにアペニンの山々が広がり、そのうえに雲がかかっているのが見渡せた。しばらくはそこでぼんやりと汗がひくのを待っていたが、ぶらぶらと歩いてサント・スピリト教会の界隈まで下り、そこからバスでひとまずホテルに戻った。

ホテルで休んでいるうちに雨になったが、夕方外出するときには止んでいた。バスで駅に出て、そこでバスを乗り継ぎ、カッシーネに行った。スタンダールの時代にもすでに散歩場として整備されていて、現在では競馬場やスポーツ施設が集まっている公園である。地図で見てもかなりの広さなので、パリのブーローニュの森と同じで、自動車でも借りないことにはひと廻りできないだろうが、その入口まで行ってみることにした。ヴィットリオ・ヴェネト広場でバスを降り、雨のあとのアルノ河沿いを、洗われて鮮やかになった新緑を眺めて、公園のなかのスタンダール並木道という小さな通りまで歩いた。花蘇芳の大木がピンクの花をびっしりとつけているのにぶつかり、日本ではこんな大木を見たことがなかったのでびっくりする。まったくひと気なく、少しこわいようだった。ロシア人や英国人で混雑している、というスタンダールの記述は今は昔というところなのだろう。競馬場の柵まで行ったが、淋しいだけなので、自動車道に沿って戻ることにした。その帰路、反対からまっ赤なコートを翻して赤毛の女性が歩いてきたが、近づくにつれてギョッとした。ボタンをかけていないコートの下は下着しか着けていない。一瞬、狂人かと恐れたが、ひたすら目的地に向かって急いでいる様子の彼女と擦れちがってから、カッシーネがブーローニュと同じで、あの種の女性の仕事場になっていることに気がついた。

夕暮が迫っていた。やはりミケランジェロ広場に行ってみなくてはと考え、アルノ河の対岸に渡り、そこからバスに乗ることにした。シエナなどに行く長距離バスが何台もくるのに、ミケランジェロ広場を循環するバスはなかなか現われず、三十分あまりも待ってやっと乗ることができた。十三番のバスは、ローマ門（ポルタ・ロマーナ）まで城壁に沿って南下し、そこからはフィレンツェの南に広がる丘を西から東に曲がりくねって登っていく。黒糸杉など大きな樹木の茂る丘陵地のなかにはヴィッラの建物が点在している。広場で数少ない乗客が皆降りて、代わりに街に帰る数人が乗りこんでいった。

胸壁のところまで歩いていき、フィレンツェの夕景を眺める。盆地はすっかり灰色の雲に覆われ、西の方だけがいくらか明るい。その明るさでアルノ河の下流方向がいくらか光っていて、河にかかる橋がシルエットになっている。街の建物はまだ主なものがはっきりと見分けられたが、街の低い部分はもうすっかり闇に沈んでいた。河畔の建物にはあかりを灯しているものもあった。スタンダールではないが、この高台から一望できるこの小さな町のなかにかつて起こった創造のエネルギーの高まりと、今も守っているその遺産の大きさを思うと、不思議な気がする。この町でダンテやレオナルドやミケランジェロといった桁はずれの人間が生きたのだ。フランスやドイツにはこうした町はない。これらの国がイタリアに対して憧れを抱くだけでなく、コンプレックスを抱くのももっともなことだ。スタンダールはそのことをもっともよく承知していた旅行者の一人だった。

わたしはバスがなくなるのを恐れて、フィレンツェがすっかり闇に沈む前に胸壁を離れて、バス停留所に行った。そして今度は待つ間もなくやってきたバスが、わたしを町のあかりのなかに連れ戻してくれた。

翌朝、わたしはフィレンツェを発って、再び北イタリアに向かった。ボローニャに立ち寄るために、プラットフォームに入線していたミラノ行きの普通列車に乗りこんだ。それはシチリアのカターニャから夜を徹して辿り着いた長距離列車で、ひどく混雑していたので、二等車の通路に立つことになった。まわりは、復活祭の休暇を郷里で過ごし、大都会での労働に復帰する人たちが多いようだった。

わたしは、列車があえぎながらアペニンを登りはじめ、時々連結器の音を響かせて躓くように揺れるのに、窓の手すりを掴んでからだを支えながら、戸外の景色を眺めていた。目の前をレオナルドがその絵画の背景に描いたような景色が流れ去っていった。そして歴史の時間のなかに沈潜することで過ごした短いフィレンツェ滞在がまるで夢だったように感じられた。車内では、思いに耽る東洋人の存在などはまったく気づかないかのように、この国の人たちのはてしないお喋りが、車両のたてる規則的な響きやきしみ音に抗するかのように飛び交っていた。

ローマ、冬の旅・抄（一九九八）

(図7) ローマ概念図

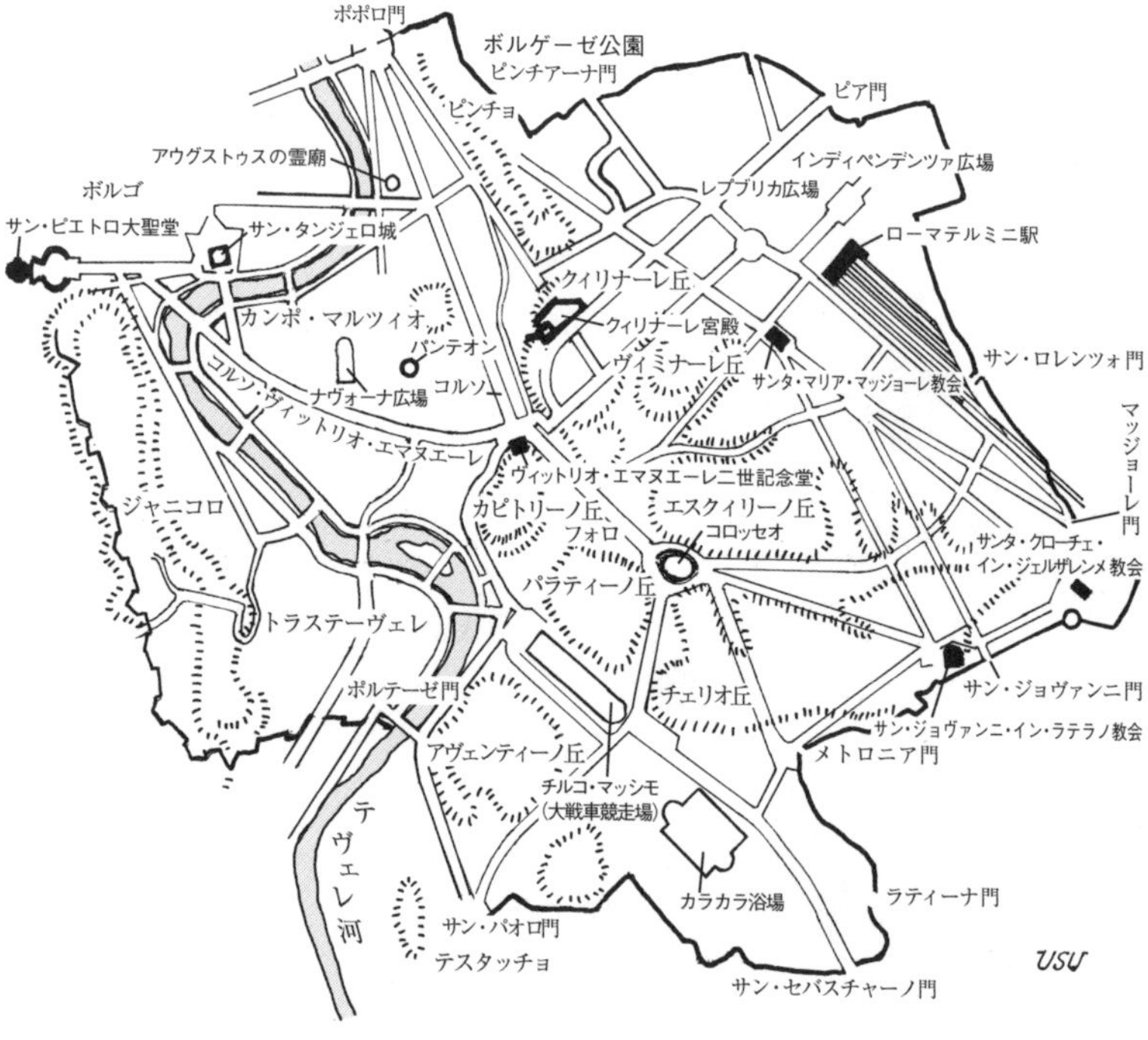

ポポロ門
ボルゲーゼ公園
ピンチアーナ門
ピンチョ
ピア門
アウグストゥスの霊廟
インディペンデンツァ広場
ボルゴ
レプブリカ広場
サン・ピエトロ大聖堂
サン・タンジェロ城
ローマテルミニ駅
クィリナーレ丘
カンポ・マルツィオ
クィリナーレ宮殿
パンテオン
ヴィミナーレ丘
サン・ロレンツォ門
コルソ・ヴィットリオ・エマヌエーレ
ナヴォーナ広場
コルソ
サンタ・マリア・マッジョーレ教会
マッジョーレ門
ヴィットリオ・エマヌエーレ二世記念堂
ジャニコロ
カピトリーノ丘
エスクィリーノ丘
フォロ
コロッセオ
サンタ・クローチェ・イン・ジェルザレンメ教会
パラティーノ丘
トラステーヴェレ
ポルテーゼ門
チェリオ丘
サン・ジョヴァンニ門
サン・ジョヴァンニ・イン・ラテラノ教会
メトロニア門
アヴェンティーノ丘
チルコ・マッシモ
(大戦車競走場)
テヴェレ河
カラカラ浴場
ラティーナ門
サン・パオロ門
テスタッチョ
USU
サン・セバスチャーノ門

ローマ到着

年末年始の休みを、進行中の翻訳の取材を兼ねて、ローマで過ごすことにした。スタンダールによれば、「サンクト・ペテルブルグは一月に、イタリアは夏に見なければならない」と言っている人がいるようである。しかし、仕方がない。この夏にはローマを訪れる時間的余裕がなかったのだから。

東京を出発したのは、クリスマスにもまだ間のある十二月十九日だった。しかし、ローマ直行のアリタリアに座席を取ることができず、エール・フランスでパリ経由ということになった。その日、金曜日の昼の零時半に成田を立った。パリでジャンボからエア・バスに乗り換えて、ローマのレオナルド・ダ・ヴィンチ空港到着は同じ日の二十一時過ぎだった。

外国での夜の到着は、その土地に慣れていなければ、不安が倍増する。地理的な不案内もさることながら、その国の通貨を持っていなければ、銀行の両替窓口が開いているだろうか、ホテルを予約していなければ、案内所は開いているだろうかなど、心配の種は尽きない。わたしはこれまでも、夜ローマに到着したことが二度あった。そのときは、いずれの場合も、イタリアの通貨を用意していたので両替の必要はなかったが、到着ロビーは、飛行機から吐き出された旅客だけがスーツケースやバッグを引きずって通り抜けるだけで、閑散として寂しいかぎりだった。しかも市内のエアターミナル行きのバスや電車が終わっていて、やむなくタクシーに乗った。ローマは他の物価に較べてタクシー料金が高いことで知られている。一度は、ホテルを予約していなかったので、タクシーの運転手にホテルを探させ、ホテルで値段の交渉までしてもらい、チップをはずまなければならなかった。

しかし今回は、空港駅二十一時五十八分発のティブルティーナ行き国鉄最終電車に乗ることができ、タクシーの十分の一以下の費用で市内まで行くことができて、ほっとした。空港のあるフィウミチーノからローマまでは、成田から東京都心までの距離の半分ほどあるだろうか。大名旅行ではないので、旅のはじめに出費がかさむと、あとに皺寄せがやってくるかもしれないし、引き締めるにこしたことはないのである。

東京の旅行会社に探してもらったホテルは、サン・マルティノ・アイ・モンティ通りにあったので、オスティエンセで地下鉄に乗り換えて、カヴールで下車した。ローマの地図であらかじめ調べたとき、ホテルはカヴール駅から遠くないのが分かったが、通りを上らなければならないのを漠然と感じていた。何といっても、ローマはセプティ・コリ（七丘）の市である。起伏に富んでいる。案の定、カヴール駅のあるヴィスコンティ・ヴェノスタ辻からジョヴァンニ・ランザ通りを上らなければならなかった。二百メートルほどの暗い舗装通りを、スーツケースを押してホテルの玄関に到着したときは、冬というのに、汗まみれになっていた。

ホテルには、遅い到着をあらかじめ連絡してあったので、フロント係は待ちかねた様子で、にこやかに迎えてくれた。午後十一時になろうとしていた。

鍵を渡された部屋は、最上階の日本式に言う五階で、料金が安いかわりに狭い、鼻のつかえそうな部屋だった。ここで、料金支払い済みの八日間を過ごさなければならない。そのあとの宿は、このホテルに滞在しているうちに探す予定にしていた。とにかく安眠できれば充分である。それに、浴槽がついているのは助かった。早速、浴槽に湯を張って、旅の疲れを癒した。スーツケースの中身をあけて、これからの一週間あまりの生活の準備をしているうちに、午前零時をはるかに過ぎてしまったので、翌日からの行動に備えて慌ててベッドにもぐりこんだ。

寝床が変わったためか、時差の壁を突き抜けての一日の旅の疲れのせいか、夜のあいだに何度か目を覚まし、自分が今ローマの宿にいることをあらためて思い出したりしたが、翌朝は比較的爽快に目覚めた。そして八時には、身仕度を整えて食堂に降りていった。先客に挨拶しながら、空いたテーブルに着いて、注文を聞きにきた給仕にカフェ・ラッテを注文した。運ばれてきた陶製の容器に入ったコーヒーと牛乳を、適当な割合でカップに注いで、これを胃袋に入れると、萎れた花に水分が補給されるように、体内に染み込んでいくのが分かった。コンチネンタルスタイルの食事は、日本人のなかには少々物足りないように思う人がいるかもしれないが、わたしは大いに気に入っている。コーヒーとパンはやはりフランスがいちばん旨いが、イタリアも悪くない。

一時間後の九時には、久しぶりのローマ探訪のために、カメラとガイドブックを抱えてホテルを出た。夜間に雨が降ったようで、街路は濡れていた。気温は冬にしてはかなり高いように思え、寒さに備えて着込んだダウンジャケットが少し暑苦しく思えた。

ホテル周辺

ホテルのあるサン・マルティノ・アイ・モンティ通りは、メルラーナ通りからジョヴァンニ・ランザ通りに斜めに抜ける小さな古い通りで、名称の由来のサン・マルティノ・アイ・モンティ教会は、この通りがG・ランザ通りとぶつかる辻の反対側に背面を見せている。正面入口は、その辻から教会の側面に沿って登っているエクイズィア通りが突き当たるモンテ・オッピオ通りにある。ローマでもっとも古い教会のひとつで、名前のとおり四世紀の聖人マルティヌスに捧げられている。現在の建物はピエトロ・ダ・コルトーナの設計になると言われるものだが、ガスパール・デュゲ・プッサン、通称グァスプルのフレスコが見所になっている。もっとも、ドリア絵画館でデュゲの油彩作品を見てしまうと、こちらは何かしら古ぼけ、生彩がないように感じられる。

サン・マルティノ通りに面しては、サンタ・プラッセーデ教会の正面に向かうアーケードが開いている。通りに面した建物の玄関を入るようにしてアーケードをくぐると、中庭があり、その突き当たりに教会の煉瓦造りの正面があるが、教会への出入りは、一般にサンタ・プラッセーデ通りに面する右側面からである。古代には個人の家だったようだが、九世紀に教会に造り換えられた。内陣には九世紀のモザイクが鮮やかに残っている。そこには、ビザンチン芸術の影響が明らかな、直立した姿で、イエスを中心に、左右のペテロとパウロ、プラクセデスとプデンティアナの姉妹、この教会を献堂した教皇パスカリス一世と聖ゼノが描かれている。おもしろいのは左のフェニックスの葉に止まっている梟のような小さな鳥である。ガイドブックによれば、キリストの復活を象徴する不死鳥（フェニックス）だという。

この教会のなかでパスカリス一世の時代の名残りは、ほかにも聖ゼノの祭室のモザイクに見られる。教会を飾っている絵画は、それに較べるとずっと後代のもの、バロックのジュリオ・ロマーノ、ズッカーリ、ジョヴァンニ・デ・ヴェッキなどで、主祭壇はムラトーリの聖女プラクセデスの絵である。ペテロを匿い、多くのキリスト教徒を助けたこのローマ元老院議員の娘は後代に列聖され、ローマの守護聖女になった。しかし、このローマの守護聖女を祀る教会は、いわゆる四大バジリカなどの有名教会に隠れて、ローマではあまり目立たず、観光に訪れる人は少ない。

メルラーナ通りに出ると、通りの突き当たりにサンタ・マリア・マッジョーレ教会の正面が立ち塞がっている。このあたり、エスクィリーノの丘のいちばんの高みにこのバジリカは聳えている。ローマには聖母マリアを祀った教会は数多く、聖母信仰がいかに根強かったか分かるのだが、なかでもこの教会はいわゆる四大バジリカのひとつに数えられていて、サンタ・マリア教会のなかで最大にして最古のものである。

ホテルに近いこともあって、今回わたしはしばしばこのバジリカを訪れた。あるときはサンタ・マリア・マッジョーレ広場の中央に建つ円柱の基壇のしたに腰をおろして、十八世紀にフェルディナンド・フーガの造った正面とその背後に聳える十四世紀の鐘塔を眺めて時間を過ごした。そして気が向くと、柱廊玄関をくぐり、モザイクと豪華な金塗りの格子天井に飾られた内部に入って、椅子に座り、それらを眺めたり、堂内のざわめきに耳を傾けたりした。時には、イエスの揺りかごの断片が入っていると言われる聖櫃や、大祭壇を覆う天蓋に近づいてみることもあった。この教会には、シクストゥス五世とパウルス五世の大きな祭室がある。ドメニコ・フォンターナの設計した前者には同じくフォンターナの制作したシクストゥス五世の墓碑がある。内陣をはさんでこの祭室と反対側にあるパウルス五世の祭室は壮麗さそのもので、フラミニオ・ポンツィオの設計になり、ボローニャ派のランフランコやグイドの絵画で飾られている。

わたしは、毎日、ホテルを出て、サン・マルティノ・アイ・モンティ通りを右か左に行くわけだが、ある日、ホテルの右隣りの建物に「ここにドメニキーノが住んだ」と記されているのに気がついた。やがてわたしは、サン・マルティノ通りの中程から直角にG・ランザ通りに出る小路に、ドメニキーノ通りという名前がついているのを発見した。このボローニャ派の画家は、ローマのあちこちの教会に数多くの絵画を描いているが、スタンダールは『ローマ散歩』のなかで「ランフランコがドメニキーノの行く先々で棘をばらまき」ドメニキーノに不運をもたらしたと書いている。ドメニキーノの生涯について知らないわたしには、これだけの作品を残している画家が、どんな風に不運だったのか知りたい気持ちである。スタンダールがドメニキーノを偏愛していたのは確かで、その旅行記は次つぎとドメニキーノの作品を探し出している。

ホテルを左に出て、カッポッチの塔のある辻からサン・マルティノ教会をまわるようにして上り、モンテ・オッピオ通りを少し行くと、右にセッテ・サーレ通りが分岐していく。この小さな通りを辿っていくと、サン・ピエトロ・イン・ヴィンコリ教会まえの広場に出る。ミケランジェロのモーゼ像で有名なこの教会にも、ドメニキーノの作品がある。ヴァチカンのヘリオドロスの間にラファエッロが描いたのと同じ主題《囚われの聖ペテロを天使が解放する》を描いた油彩である。ラファエッロはこの聖ペテロの解放という事件を、ひとつの壁面に時間の経過を捉えた三つの場面で描き立体的に表現している。つまり、天使に起こされるペテロ、天使に導かれて牢獄を出るペテロ、ペテロが消えたことで慌てる番兵たち、である。ドメニキーノはこのうちの最初の情景を描いている。牢番たちが天使の魔法で眠らされているなか、ペテロは天使に起こされて驚いている。天使のやさしい顔がいかにもボローニャ派の画家の筆になるものを思わせる。この絵がこの教会からの注文であったとすれば、ペテロを繋ぐ足枷の鎖がもっとはっきりしていてもよさそうに思うのは、異教徒の勝手な見方かもしれない。というのも、この教会のご本尊である聖遺物は、このペテロを繋いでいた鎖（ヴィンコリ）なのだ。主祭壇の下へ階段を降りていくと、そこにはこの鎖が厳かに祀られているのを見ることができる。しかし、忙しい観光客は、ドメニキーノにもご本尊にも目をくれず、モーゼ像だけを眺めてこの教会を去っていく。

サン・ピエトロ・イン・ヴィンコリ広場から、建物の一部を刳りぬいたようなアーケードの階段を下って行くとカヴール通りに出る。この階段通りにはサン・フランチェスコ・ディ・パオラ通りという立派な名前がついているが、一般に《ボルジアの階段》と呼ばれている。ボルジア家出身の教皇アレクサンデル六世が、このアーケードのうえにある建物に愛人を囲い、この階段を登って通いつめたという因縁から、この通称が起こったという。カヴール通りに皮革製品の店を開いているチーノさんから教えられた。この店は日本人客をお得意にしているせいか、主人は日本人に親近感を抱いているようで、ウィンドウをのぞいていたわたしに、英語で話しかけてきた。こちらは買うつもりもないし、少しうるさく感じたが、そのうちかれが本心から親切なのだと思うようになった。二度目に会ったときは、出前でカプッチーノを取り寄せてごちそうしてくれた。そのかれが、店の斜向かいにポッカリと口を開けたこのアーケード階段について、店先で説明してくれたのだった。

ホテル周辺の街路は、夜になるとイルミネーションで飾られ、クリスマス気分を盛りあげていたが、そのひとつであるカヴール通りには、「クリスマスおめでとう。モンティ地区へようこそ」という横断幕が掲げられていた。今回わたしが泊まったホテルはそのモンティ地区にあった。スタンダールは、この地域にはトラステーヴェレ地区の住人についで血の気の多い人間が住んでいて、ローマの殺人の半分がここで犯されると言っているが、ほんとうだろうか。確かに、ローマでも地区ごとに張り合い、気質が異なるようだが、その違いは住んでみないことにはわからない。

チェリオ丘からアヴェンティーノ丘の方へ

ローマというとどうしてもフォロを中心にカピトリーノやパラティーノの丘と、その北に広がるカンポ・マルツィオを訪れることが多い。実際、古代から現代に至るほとんどの見所がそこに集中している。しかし今回は、パラティーノ丘の東側にサン・グレゴリオ通りをはさんで広がるチェリオの丘と、大戦車競走場（チルコ・マッシモ）をはさんでやはりパラティーノ丘と向き合うアヴェンティーノの丘を歩いてみようと思った。やはりこれらの静かな丘を散歩しなくては、ローマの全体像を考えることはできない。

ホテルを出て、モンテ・オッピオ公園を横切り、ドムス・アウレア（ネロの黄金宮殿）の近くをラヴィカナ通りに下り、まずはチェリオ丘の麓にあるサン・クレメンテ教会を訪れた。ここは十七世紀以来アイルランドのドメニコ会の教会となっていて、訪れたときも、司祭が身廊中央の聖歌隊席で家族らしい数人の集団に英語でミサをあげていた。

教会の正面は東のサン・クレメンテ広場にあり、門をくぐると柱廊に囲まれたアトリウムに入る。そこでは土地の芸術家たちが展覧会を開いていてにぎわっていた。わたしはカトリック教会とは思えない清楚な正面をひとわたり眺めたあと、サン・ジョヴァンニ・イン・ラテラノ通りに面した側面の入口から入った。この扉を入ってすぐ右の聖女カタリナの祭室にマゾリーノによるフレスコ画がある。マザッチョが協力したと言われる。マザッチョは、フィレンツェのカルミネ教会ブランカッチ礼拝堂のフレスコでもマゾリーノに協力しているが、先にローマにきていたマゾリーノの招きで当地にきて、二十七、八歳の若さで亡くなっている。この祭室に描かれたアレキサンドリアのカタリナの生涯と殉教のどこにこの天才の筆の跡を探ったらいいのかわたしには分からないが、全体にマゾリーノの優雅な作風に貫かれているように思われた。

後陣のモザイクとフレスコ画を見てから、十二世紀に建設されたバジリカを離れ、聖具室を通って地下教会に降りる。四千リラの入場料を払い、日本語のガイドブックがあったので、これを七千リラで購入する。この教会の地下は二層になっていて、地下一階は四世紀の教会、地下二階はローマ時代の家屋で、これらは十九世紀後半から二十世紀にかけて発掘された。二つの丘に挟まれた谷あいに位置するこの場所は、泥土が堆積し、古い建物を埋めては、それを基礎にして新しいものを建てたようだ。フォロの発掘を見ても分かるが、古代にはローマの起伏はかなり際立っていたことが想像できる。

地下一階の四世紀の教会堂は、発掘と修復が完成していて、広い堂内は照明設備も整っているので現代でも使用できそうだ。ここには九世紀頃のフレスコ画がたくさん残っていて、中世の素朴な構図と色彩が足を引き止めさせる。地下二階は、湿って暗く、ミトラ信仰の遺物が好奇心を引くだけである。しかし、思いがけずサン・クレメンテ教会の地下で時間を費やした。

そこから少し離れて崖のうえに要塞のように聳えているサンティ・クァトロ・コロナーティ教会へと坂道を上っていき、その幾つもの前庭を擁する中世の建物を眺めたあと、再びサン・クレメンテのまえに戻り、今度はチェリモンターナ通りをとった。ドラベッラの門とネロの水道橋の残骸を左右に見ながら、サンタ・マリア・イン・ドムニカ教会のまえに出る。教会まえにはナヴィチェッラと呼ばれる小舟の噴水がある。スタンダールは教会そのものもナヴィチェッラと呼んでいる。現在その正面は修復中ですっかり板囲いによって隠されている。後陣のパスカリス一世時代のモザイクを眺めてから、建物を出て、道路の反対側の塀のなかにあるサント・ステファノ・ロトンド教会を訪れる。円形の変わった形の教会だがおもしろみは少しもない。スタンダールは教会が残酷な絵画に飾られていると書いているが、それはどこのことだろうか。

通りを再び横切って、ドムニカ教会をまわるようにしてヴィッラ・チェリモンターナ、昔のヴィッラ・マッテイに入り、糸杉が聳える庭園のなかを、サンティ・ジョヴァンニ・エ・パオロ教会の方へ、今度は下って歩いた。

教会はきれいに舗石を敷いた広場の向こうに横長の柱廊玄関を見せ、赤い煉瓦造りの建物が昼のひざしに明るく輝いていた。教会横の修道院の側に、やはり赤い煉瓦造りの高い鐘楼が聳えているが、その姿がなかなか好ましい。ここでも教会はローマの遺蹟のうえに建てられている。修道院のある側はクラウディウスの神殿跡に属すが、教会の建つ側は個人の家屋だったようだ。十一世紀のノルマン人ロベール・ギスカールによるローマ劫略のあと、十二世紀にその廃墟のうえに教会が建てられた。今では発掘されたローマ時代の遺蹟を地下に訪ねることができる。そこには三世紀頃のフレスコ画の断片が、比較的保存状態もよく残っている。

この教会のわきを下る坂道クリヴィオ・ディ・スカウロ（古代のクリウス・スカウリ）は、教会の側壁を支える連続したアーチの下を通るが、両側を壁に囲まれ、ひっそりしていて、小さな切り通しの道を歩くような気配で、何かしら懐かしい感じがする。そこを下りきるとサン・グレゴリオ通りにぶつかり、まもなくサン・グレゴリオ・マーニョ教会まえに出る。コンスタンティヌスの凱旋門から一直線に延びるサン・グレゴリオ通りは、車の通行は多いものの、傘松の林のなかにあって気持ちがいい。この教会周辺、以前は近東の外国人たちが野宿をしていて、かなり汚らしかったのだが、今はすっかりきれいになっている。かれらはどうしたのだろうか。

サン・グレゴリオ教会は急な石段のうえにそのどっしりした反宗教改革様式の正面を見せている。しばらくのあいだは、改修工事で足場と板塀に覆われていたものだった。六世紀に聖グレゴリウスが自分の家を教会に改め、その後、何度かの建てかえを経て、十七世紀に現在の建物が完成した。門をくぐると回廊に囲まれたアトリウムのなかに出る。この左手に中庭への扉があるのだが、閉まっている。この中庭に面した礼拝堂にドメニキーノとグイドが描いた《聖アンドレアスの殉教》の二つのフレスコ画があるはずなのだ。一度、教会を出て、左手の修道院の入口に行き、鐘を鳴らした。すると、寺男なのかどうか、僧服を着ていない浅黒い顔の男が出てきた。礼拝堂のフレスコ画を見たいと来意を告げるが、今司祭がいないからとにべもない返事。やむなく引き返すことにした。実は、サン・グレゴリオには過去に二度ほどきているが、鐘を鳴らしても誰も出てこなかったり、工事中だったりで、礼拝堂を見学する機会はなかった。運がないのかもしれない。

アヴェンティーノの丘を訪れたのは、午後だった。地下鉄のチルコ・マッシモで下車して、カペーナ門広場からコルソ・マッシモを、強い西陽に輝く大戦車競走場とパラティーノ丘を眺めながら、ピアッツァーレ・ロモロ・エ・レモまで歩き、そこから市立のバラ園わきの坂道を丘へと上っていった。バラの季節なら、きっとその香がこの界隈に漂っているにちがいない。アヴェンティーノは古代には住宅地として、トラヤヌスやスッラが住居を構えていたというが、現在も緑の多い静かな高級住宅地になっている。古代には、この高みのほぼ中央にディアナ、ケレース、ミネルヴァなどの神殿があったという。

オレンジの木の植わったサヴェッロ公園に入り、崖ぎわの手摺りまで行くと、そこからのテヴェレ河の眺望がすばらしかった。アヴェンティーノの丘がこんなにも高く、テヴェレ河のうえに切り立って聳えているとは思わなかった。葉を落とした大きなプラタナスの並木に縁取られ、ゆったりと蛇行する河をはさんで、トラステーヴェレとカンポ・マルツィオの家並みが広がり、いくつかの教会の円屋根がそのうえに突き出ている。左手にはジャニコロの丘が緑に覆われて盛りあがっている。スタンダールではないが、わたしはジャニコロの丘からのローマ市街地の眺めが気に入っているが、アヴェンティーノからの眺望もなかなかのものだと思った。

この公園の隣がサンタ・サビーナ教会である。ハドリアヌス帝の時代の殉教聖女を祀ったこの教会は、五世紀頃に起源があるようだが、もちろん何度か建てかえられ、手を加えられていて、二十世紀になってから大規模な工事で初期の姿に復元された。五世紀のオリジナルは、身廊に続く木製の扉だけだ。この糸杉でできた重厚な扉は、消えかけているものの、聖書から題材をとった彫刻がほどこされている。教会内には道路側の小広場に接した右側面から入るが、バジリカ式の堂内は、コリント式柱頭飾りをもつパロス島産大理石の溝入り柱の柱列によって、三つの身側廊に分かれている。ローマのキリスト教会はほとんどが古代の建造物の円柱や大理石を再利用しているが、円柱にしても、産地や様式に不揃いなものを集めた教会が多いなかで、この教会は統一がとれていて美しい。しかも内部は身廊上部（クリアストーリー）に広い窓があるために明るい。厚い壁に塞がれ、ほとんど光が射さず、薄闇の支配する教会とは違ったすがすがしさがある。

この教会を出て右に向かうと、中世の鐘楼が聳えるサン・タレッシオ教会を過ぎたところにマルタ騎士団広場がある。ピラネージによって設計されたというこの小さく魅力的な広場に面して、サンタ・マリア・デル・プリオラート教会つまりマルタ小修道院の高い塀と青銅の扉があり、その彼方に修道院内の樹木の先端が聳えている。ここを訪れる観光客は次つぎと青銅の扉の鍵穴を覗きこんでいる。わたしは、それが内部の様子を見てみたいという好奇心に駆られてのことと思っていたが、一団が去ってから、鍵穴を覗いてみると、糸杉の並木が続く小径の先端のまっ正面にサン・ピエトロ大聖堂の円蓋が、まるで細密画のように見えるではないか。この鍵穴が観光名所のひとつになっていることをはじめて知った。いずれにしても、スタンダールがその静寂を好んだマルタ小修道院の様子を垣間見ることができたように思う。

そこからサン・タンセルモ通りを下り、セルウィウス・トゥリウスの市壁跡に沿うようにして、アルバニア広場まで出て、再び坂道を上ってサン・サバ教会まで行ったが、散策に疲れたので、結局建物を外から眺めただけで、バッチョ・ポンテッリ通りの階段を降りて、薄闇の漂いはじめたサン・パオロ門広場に出た。ビールで一息つき、地下鉄でカヴールに戻った。

ローマの市門と市壁外

ローマの街は古代から城壁に囲まれていた。それらを建設したのはローマの六代目の王セルウィウス・トゥリウス（紀元前六世紀）やアウレリアヌス帝（三世紀）である。そして市内に入るには、城壁に開けられた何箇所かの門からであった。アウレリアヌスの市壁は、ほとんどが現在も往時の姿で残っているし、門もその時どきに改築されて残っている。市壁は外敵から街を防御する目的で建設されたことは言うまでもないが、それは市壁内を外の世界から画然と分けることになった。市壁のなかは現実をまともに生きる者の世界であり、逆にその外側は、死者の世界もしくは裏の世界であった。市外の街道沿いには墓地があり、街道には表の社会からはじき出された者たちがたむろしていた。市門は、他の都市と結ぶ街道の起点ないし終点であったが、またこの両世界の出入口でもあった。もちろん現代では、城壁にせよ城門にせよ、その本来の役割を終えているが、周辺部へと拡大しているローマのなかで、むしろ古いローマを護っている防壁のように思える。

旅行者がレオナルド・ダ・ヴィンチ空港（フィウミチーノ）に到着して、車でローマ市に入るときは、サン・パオロ門（古代のオスティア門）からになる。空港からの便がバスだけの頃は、バスがサン・パオロ門に差しかかり、ケスティウスのピラミッドが見えると、ローマに到着したという感慨を強く抱いたものだ。そのあと、バスは大戦車競走場を左に見て、サン・グレゴリオ通りをコンスタンティヌスの凱旋門に向かい、コロッセオを半周してから、モンテ・オッピオ公園をかすめるようにしてテルミニ駅のエアターミナルに到着したから、ローマの印象は強烈であった。残念ながら今ではこのバスの便は廃れてしまった。

さて、この門を出て南へオスティア街道を三キロほど行ったところに、この門の由来のサン・パオロ・フオーリ・レ・ムーラ大聖堂がある。コンスタンティヌス帝によって、パウロの墓のうえに建てられた由緒ある教会で、ペテロの墓のうえに建てられたサン・ピエトロ大聖堂と並んで、カトリックの信者のローマにおける最大の巡礼地のひとつで、また四大バジリカのひとつとして有名である。ただし、一八二三年に火災でほぼ全焼したので、現在の建物は十九世紀にカンポレーゼ等によって再建された比較的新しい建造物である。

わたしはある朝、この大聖堂を訪れた。地下鉄をサン・パオロで降りると地上に出た駅のすぐ目のまえである。しかし駅の方に向いているのは聖堂の背面で、入口は反対側のテヴェレ河方向にあるので、この巨大な建造物をぐるっとまわらなければならなかった。あとで知ったことだが、近いところに扉があって、聖堂のなかに入れたようだった。しかし、遠まわりをしても、柱廊に囲まれたアトリウムを控えた正面から入ってよかったと思った。スケールの大きな柱廊とアトリウムがとにかく圧巻である。正面も、十九世紀の画家アグリコラ等によるデザインだというが、悪くない。しかし、内部に入ると、そこは各列二十本の巨大な御影石の柱四列によって身側廊に分かれていて、中央身廊のあまりの広大さに体育館のような印象である。球技場にしてもいいようだ。内陣まで進むと、やっと落ち着いた気分になる。アルノルフォ・デ・カンビオの祭壇や焼け残った後陣のモザイクが注目に値する。右の側廊から中庭に出ることができる。色大理石のモザイクが入ったねじり柱に飾られたその柱廊は、十三世紀のヴァサレット父子の作品だというが、見事に調和がとれていて気持ちがいい。柱廊内には中世ローマの石棺や浅浮彫りの断片が飾られていたので、これらを見ながら、巨大さに圧倒されていた心を静めた。そのあとで奥の展示室に行くが、少しばかりの絵画が並べられているだけで、見るべきものは少ない。ランフランコのフレスコ画が二つに切り取られて展示されていた。陳列ケースには、消失するまえの聖堂や火災直後の様子を描いた版画が入っていたが、その版画に描かれた姿こそスタンダールの眺めたものだと思うと、思わず見るのに熱心になった。

城壁外のもうひとつの大きな教会であるサン・ロレンツォ・フオーリ・レ・ムーラ大聖堂へは、サン・ロレンツォ門（古代のティブルティーナ門）からティブルティーナ通りを一キロ半ほどである。こちらへはバスを利用して出かけた。ヴェラーノの広い墓地を背後に抱えているので、周辺は石屋が多く、日本の霊園の環境と似ていると思った。そして、目的のサン・ロレンツォ教会では、葬儀を挙行しているらしく、入口に黒塗りの霊柩車が止まっていた。式の最中になかに入っていくのはためらわれたので、柩が運びだされ会葬者が出てくるのを待った。サン・ロレンツォ広場に立つと、ヴァサレットの手になる柱廊玄関は優雅で、その背後に見える身廊の二階部分（クリアストーリー）と右手の鐘楼は簡素で、それが墓地に聳える糸杉をまえにして、なかなか調和がとれている。第二次世界大戦の爆撃で大きな被害を受けたものの、崩れた材料を集めて十三世紀の姿そのままに再建したのだという。

やがて柩が運びだされ、会葬者たちが出てきた。故人は老人男性らしく、ひとりだけ喪服を着た配偶者とおぼしい年老いた女性が、みんなから言葉をかけられていた。わたしはかれらが散会しきってしまうのを待ちきれず、その背後を、古代の石棺の飾られた柱廊玄関に止まらずに、堂内に入った。そこは三つの身側廊に分かれていて、古代の御影石の円柱が二列二層になって美しく屹立している。天井は木組みで気持ちがいい。もっとも、天井については十九世紀のものを再現したのだという。内陣と後陣にあたる部分は、六世紀の教会に属す部分とのことで、少し段差があって昇るようになっている。天蓋のついた主祭壇のしたに納骨堂があり、そこに聖ラウレンティスほかの聖人が眠っている。この殉教聖人の墓のうえに最初に聖堂を設けたのはコンスタンティヌス帝だと言われる。

六世紀のモザイクの残る後陣や十三世紀の教皇の説教壇などを眺めながら、しばらく堂内に留まった。椅子に座ってガイドブックやら地図を眺めた。そして、少し離れているが、ノメンターナ街道沿いのサン・タニェーゼ・フオーリ・レ・ムーラ教会まで足を延ばしてみることに決め、サン・ロレンツォを出た。

バスの便が思うようにならなかったので、ノメンターナ通りと交差するところまで市電で行ってからバスに乗り換えて、遠回りをしてしまった。

サン・タニェーゼ教会も、コンスタンティヌス帝が建設させたと言われる。娘のコンスタンティナが聖女アグネスの墓に詣でて、病を治癒し、キリスト教徒に改宗したことが、ここに教会を建設する機縁だった。当時の大きなバジリカは今では一部の側壁しか残っていない。現在の教会は聖女の墓のうえに造られた礼拝堂を拡大していったもので、改修が重ねられたものである。大通りに面する建物のアーケードをくぐり中庭に入り、そこから建物に沿ってまわるようにして下っていくと、教会の拝廊に出る。教会内はそんなに広くなく、十七世紀の改修で新しい。後陣のモザイクだけが七世紀のもので、初期の教会を改修したシンマクスとホノリウスの二人の教皇を従えた聖女がビザンチン風の着衣で立っている。この教会の地下に聖女の遺骸があった地下墓地があるが、絵葉書や冊子を販売していたアルバイトらしい若者に見学を申し出ると、地下墓地は浸水していて今のところ見学できないとの答えだった。

コンスタンティヌス帝の建立したバジリカに接して、その娘のコンスタンティナの霊廟が建てられ、こちらは十三世紀に教会に改められ、サンタ・コスタンツァ教会という名前をもっているものの、ほとんど四世紀の姿のまま残っている。柱廊に囲まれた円形の建物で、その柱廊はモザイクの穹窿天井が美しい。宗教的な主題のほか、収穫したぶどうを積んだ二頭だての牛車を牽いている古代人の様子などが描かれていて楽しい。入口と反対の正面の壁龕にコンスタンティナの斑岩の石棺がわざとらしく置いてあるが、これは複製で、本物はヴァチカン美術館にある。

霊廟を出ると、コンスタンティヌス帝のバジリカがあったあたりがテニスコートになっていて、若者たちがテニスをしていた。ボールを打つ音と飛びかう声が、死の世界から昼の現実に引き戻してくれた。バスをつかまえ、今度はノメンターナ通りを一直線にピア門まで引き返し、その近くで昼食をとった。

ある日、サン・マルティィノ通りのぶつかるメルラーナ通りを越えて、ガリエヌスの門をくぐりヴィットリオ・エマヌエーレ広場まで行き、さらに国鉄の線路沿いのジョヴァンニ・ジョリッティ通りに出た。サンタ・ビビアーナ教会とミネルヴァ・メディカの神殿跡を見たいと思った。

サンタ・ビビアーナ教会は十七世紀にベルニーニが再建した建物だが、鉄道と道路に挟まれたその狭い敷地内はひどい荒れようで、内部に入ってみるどころではなかった。鉄柵の外側から、その剝げかけた正面を眺めるにとどめた。そのままジョリッティ通りを辿り、巨大な煉瓦の廃墟であるミネルヴァ・メディカの神殿跡を見る。古代には円蓋に覆われた円形の建物だったことが感じられる。その広い空間はどう使われたものか。パンテオンのような広間だったのだろうか。ここには、想像力で廃墟から原型を描きだそうとする楽しみがある。

ジョリッティ通りをそのまま辿ると、まもなくマッジョーレ門に行き着く。大きな広場の中央に、まるで行く手を塞ぐようにしてこの高い市門は建っている。通常のビルディングにしたら六、七階ぐらいありそうだ。二つの大きなアーチが開いた無機質石灰岩（トラヴァーチン）の建造物で、クラウディウスの水道橋がこの門のうえを通っていた。一世紀に建てられて、のちにアウレリアヌスによって市壁が門に繋げられた。クラウディウスの建設にはじまり、ウェスパシアヌスやティトゥスの修復が、門わきの碑文に記録されている。門の支柱にあけられた破風のついた空間にはおそらく皇帝たちの彫像が飾られていたにちがいない。

アーチをくぐって市壁外のカシリーナ通り方向に出ると、門をとりまく芝生の広場には、無機質石灰岩の白い塊が散乱するなか、紀元前三十年頃にパン製造業者のエウリュサケスが造らせた墳墓が、半ば崩壊しているが、手摺りに囲まれて保存されていた。門の全体を写真に撮ろうとしてファインダーをのぞくと、なかなか収まりきれず、バスターミナルになっているピアッツァーレ・ラビカノの奥の方までさがって行かざるをえなかった。

マッジョーレ門からサンタ・クローチェ・イン・ジェルザレンメ教会まではすぐである。コンスタンティヌス帝が、母のヘレナ皇太后の宮殿だったところに、皇太后がエルサレム巡礼で集めてきたキリスト磔刑の十字架片ほかの聖遺物を祀って、教会を造ったのがはじまりと言われる。これらの聖遺物を拝みにくる巡礼者はたえない。クリスマスを控えたこの時期、たくさんの信者たちが集まっていて、わたしのような異教徒ないし無神論者は、好奇心を誘われたものの、かれらに混ざって行列するのはためらわれた。

十八世紀の正面やボッロミーニの柱廊玄関を眺めてから、すぐ隣のカストレンゼの円形闘技場に行く。なかには入れないので周囲をうろつくが、アウレリアヌスの市壁にできたコブといった様子でおもしろ味はない。その市壁に沿うようにして、サン・ジョヴァンニ門まで歩いた。この門は十六世紀に市壁に開けられた門だが、そのそばにはローマ時代のアシナリア門が二つの小さな保塁に守られて小さく口を開けている。

この広場に面して、サン・ジョヴァンニ・イン・ラテラノ教会のどっしりした正面が控えている。コンスタンティヌス帝によって提供されたラテラノ家の土地に建てられ、長らく教皇座があったことで、サン・ピエトロに次ぐ重要な教会である。十七世紀にボッロミーニによって大幅に改築され、バロック的な色合を濃くした。この大聖堂には過去に何度かきているので、内部を右の側廊に沿って行き、レツォニコ教皇、つまりクレメンス十三世の墓を見て、聖堂の右出口からエジプトのオベリスクがある教会まえ広場に出た。左手の洗礼堂に立ち寄り、この小ぢんまりした八角形の堂内に描かれたアンドレア・サッキの聖ヨハネとコンスタンティヌス帝の生涯を描いた絵画を眺めた。

古代のアウレリアヌスの市壁には、アシナリア門（サン・ジョヴァンニ門）からオスティア門（サン・パオロ門）までのあいだに、さらにメトロニア門、ラティーナ門、アッピア門、アルデアティーナ門が置かれていた。それらのうち、今回わたしは大戦車競走場（チルコ・マッシモ）の近くのカペーナ門広場からアッピア門、のちのサン・セバスチャーノ門までを歩いてみた。雨模様の日であったが、カラカラ浴場わきをサンティ・ネレオ・エ・アキレオ教会、サン・チェザレオ教会を経て、古代のアッピア街道の石畳を歩いた。車がスピードを出して往来するので、油断がならず、のんびりというわけにはいかなかった。わたしも以前、この道をカタコンベやカエキリア・メテラの墓を見学するために車で通ったことがあった。古代の道が現代でも使用されていることにとても感動した記憶がある。石垣やコンクリートの土留めのなかを、道が一種の切り通しになっていて、両側には鬱蒼と樹木が生い茂っている。サン・セバスチャーノ門の手前にスキピオ家の墳墓があるはずだが、雨がひどくなることをおそれて道を急いだために、通り過ぎてしまった。気がついたときにはドルススの門と、それに重なるように高い保塁で守られたサン・セバスチャーノ門に着いてしまった。この門は、単独の狭いアーチを車が交互通行するようになっているため、門を境にして、とりわけ市壁外で、街道は交通渋滞を起こしていた。そのなかを、ジプシーの家族が手を差出しながら歩いていた。かれらは市壁外のどこかにキャンプをはっているのだろう。かれらに捉まるのが嫌だったので、市壁沿いの道をラティーナ門方向に歩き、バスで街なかに戻った。

クリスマスの街

この冬、ローマは暖冬と言えるかもしれなかった。日中は摂氏十五度前後あった。以前何度か冬に訪れたときは、もう少し寒かったように記憶している。滞在中、ホテルの食堂でロンドンやハンブルグから休暇を過ごしにやってきた日本人青年たちに会い、かれらがローマは暖かいと言っていたのは当然としても、体感温度は北の都市とかなり違ったことだろう。ハンブルクからの青年は、商社の駐在員だと称していたが、気候の違いに驚くと同時に、治安の違いにはもっと驚いたようだった。かれは空港からローマ・テルミニ駅に到着して、通行人にホテルへの道を訊ねている最中に、迂闊にも手を離した荷物を盗まれ、わたしが会ったときはそのショックを隠しきれない様子だった。しかし、不幸中のさいわいと言うべきか、貴重品を身につけていたので大事に至らなかった。

クリスマスは、旅行者にとって良いような悪いところがある。クリスマスを祝う街の風景は見られるものの、イヴやクリスマスの当日をいかに過ごすかを考える必要があるからである。

クリスマスが近づくにつれて、休暇を過ごすためにこの市を訪れた人で街路はあふれ、イルミネーションで飾られた街は活気を帯びてくる。道のフラワーポットにはポインセチアやシクラメンが植えられ、このシーズンに彩りを添える。もちろん、日本のように商店がジングルベルの曲を流したりはしないが、何となく浮き浮きしているところは変わらないように思う。

クリスマスに向けての教会の準備を見ることができるのは楽しみである。教会の一隅では、イエス誕生の場面を、人形を用いてパノラマ仕立てで再現している。プレセピオである。それぞれ工夫を凝らして、素朴なものもあれば、照明や装置に最新の科学技術を用いているものもある。いちばん大がかりなものは、サン・ピエトロ広場のオベリスクの傍らに造られる小屋である。人が住めそうな中二階の茅屋で、とても家畜小屋とは思えず、ホームレスの人には羨望のまとになるような建物である。内部には大きな人形の聖母や羊飼いと羊などが配されていた。教会以外では、テルミニ駅の構内に造られるものも見逃せない。こちらは今年童話の世界のようなとても親しみの湧く情景にできていた。誕生の小屋の内部だけでなく、周辺の荒野と、神の御子が誕生したことを知った百姓や羊飼いが仕事の手を止めている様子が、六畳大ぐらいに、箱庭風に造られていた。いずれにしても、二十四日のイヴまではまだ嬰児イエスは飾られていないで、空の飼葉桶があるだけである。それが、二十五日になると、突然飼葉桶のなかにイエスが出現する。まさに降誕である。カピトリーノのサンタ・マリア・ダラコエリ教会は、聖なる幼児イエス（サクロ・バンビーノ）の人形で有名であるが、通常は聖室の厨子のなかに入っているバンビーノが、このパノラマのなかにお釈迦様のように置かれていた。聖母と東方の三博士に囲まれて、王冠を頭に頂き、黄色い衣装を着て立っていた。何処のものも、聖母が女王のような立派な衣装を着ているのが、わたしには気に入らない。しかしそれは些末なこと。このイエス誕生のパノラマのまえには、何処でも、お賽銭のコインがあげられているのが見られた。庶民の信仰心が廃れていない様子が伺えるのが嬉しい。

二十四日は、トラステーヴェレのサンタ・チェチリア教会や、カンポ・マルツィオのサンタ・マリア・ソプラ・ミネルヴァ教会では、イヴのミサのテレビ中継の準備で、堂内に機材がもちこまれ、まさにスタジオに変身したかのようであり、中継車と結ぶ配線が床のうえをのたうっていた。近頃は、ミサに出かけなくても、テレビの中継でサン・ピエトロはじめ、いくつかの教会のミサを見ることができる。それは日本の大晦日に社寺の様子が中継されるのに似ている。

わたしは、おそくまでイヴの街の様子を見て歩いたが、商店は早くに店じまいをしてしまい、飲食店だけが入口に照明をして、ナターレ（ご降誕）の特別料理を準備していた。それでも暗くなった街路や広場には人があふれていた。一人で旅をしていると、こういうときは孤独だ。共に特別料理を囲む人もなく、かりそめのキリスト教徒になってイエスの誕生を共に喜ぶ人もいない。ホテルの近くで食事をして、ホテルの従業員と「ブォン・ナターレ」の挨拶を交わして、部屋に引きあげた。

クリスマスの朝、食堂では、いつものコンチネンタルの献立に一片のケーキが添えられ、いつもの給仕が「ブォン・ナターレ」と挨拶をした。それを食べながら、今日はどこも休みにちがいないので、教会、なかんずくサン・ピエトロ大聖堂に行ってみようと考えた。

わたしのように消極的な考えでヴァチカンを訪れた旅行者はむしろ少ないことだろうが、サン・ピエトロ広場は世界中からやってきた信者や観光客であふれていた。行列に並んで、大聖堂のなかに入ると、クリスマスのミサはすでにはじまっていて、中央身廊の席はすっかり信者で埋め尽くされていた。賛美歌集をもらう。信者たちは、ヴァチカンの司祭長であり教皇の助祭である枢機卿によって執りおこなわれるミサの祈りに一体化し、教皇のテ・デウムに唱和していた。観光客には左の側廊が開放されていたので、そこからミサの様子を眺め、あるいはカノーヴァ作のスチュワート家の墳墓やピウス七世の墓碑を写真に収めた。

十二時少しまえになったので、一足先に広場に出て、聖堂の正面バルコニーからの教皇ヨハネ・パウロ二世のクリスマス・メッセージの開始を待った。広場には、教皇の出身地のポーランドやヨーロッパの各地からきたカトリックの信者が旗や横断幕を掲げて、時どき「教皇万歳」とか声をそろえて叫んでいる。ヴァチカン宮殿の屋上も、ヴァチカンの関係者なのだろうか、たくさんの人だ。正午に教皇が現われると一斉に拍手が沸き起こる。教皇は高齢にもかかわらず、はっきりした声で長い演説をしっかりとおこない、最後は例によって、世界中の言語でクリスマスと新年を祝う言葉を述べた。教皇が、苦心のみえる外国語で祝いを述べるたびに、広場のあちこちから拍手や歓声が起こる。日本語の挨拶があったときにわたしは一人拍手をしたが、日本人の信者集団はいなかったのか、広場のざわめきのなかで、それらしい声も音も聞こえなかった。

メッセージが終わり、教皇が退席し、教皇の軍隊も行進して立ち去ると、広場の人のうねりは、ベルニーニの楕円形の柱廊の何箇所かの出口の方へ動いた。その広場の一隅で時ならぬ笛の音がして、輪ができる。チロリアンハット風の帽子を被り、羊皮のチョッキを着た二人の男が、バグパイプの一種の風笛とピッコロに似た笛を吹いていた。これこそスタンダールが書いているアブルッツォからきたピッフェラーリにちがいない。曲の合間に、風笛に括りつけた篭に千リラ入れながら、訊ねてみると、そうだとの答え。羊飼いのようないでたちだが、皮靴がおもしろい。長い先端が内側にまるまって半円を描いている。かれらの曲は、スタンダールではないが、少し神経にさわるような音の連続である。このあと、食事にレストランに入ると、かれらがやってきてテーブルのあいだを演奏してまわった。レストランではあまり実入りがなかったようだが、店から一杯の白ワインを供されて喉を潤し、次の店へと渡っていった。

食後は、ジャニコロの丘に登った。街なかはもはや教会も閉まり、すべてがクリスマスの一日を休んでいる。サン・トノフリオの側からサン・ピエトロ・イン・モントリオまで、市街地を見おろしながらのんびりと散歩した。そしてトラステーヴェレ地区に下ったが、街はまったく静かで、バスも地下鉄も午後からは動いていない。結局、テヴェレ河をパラティーノ橋で渡り、ヴェラブロからフォロのわきを通ってフォリ・インペリアーリ通りに出て、コンチの塔からカヴール通りに入った。歩きに歩いたクリスマスの一日だった。

サン・マルティノ通りのホテルにいるあいだに、次のホテルを探す予定を立てていたが、心のなかではほとんど決めていた。スタンダールがローマで贔屓にしていたマダマ・ジャチンタの宿ことアルベルゴ・チェザーリである。一七八七年の開業で、当時と同じ建物で現在も営業している。これまでもそのまえは何度か通ったことがあり、気にかかっていたものの、泊まったことはなかった。そこで今回は、ローマ到着後まもなくして予約に訪れ、値段的には少々高かったが、二十七日から新年までの一週間をここに宿泊することにした。

ホテルの玄関を入ったところに当時の教皇政府の営業許可証が飾ってある。このホテルは、スタンダールの時代に陸上税関になっていたアントニヌス・ピウスの神殿、別名ハドリアネウム跡とコルソを結ぶピエトラ通りに位置する。ローマの中心部で利便性はまさに抜群である。これまで、わたしのローマの宿はほとんどの場合、テルミニ駅近くの、ホテルが集中しているインディペンデンツァ広場周辺とかプリンチペ・アメデオ通り周辺が多かった。駅を利用するには便利だが、市の中心部を見物するにはバスか地下鉄を用いなければならない。だからといって、ローマはコンパクトな市であり、別に面倒を感じたことはなかった。

わたしは、ピエトラ通りのホテルに泊まることで、スタンダールのように、毎日、朝に晩に、近くのミネルヴァ教会やパンテオンを訪れ、コルソを散歩することができるのが楽しみであった。残りの一週間で、すでに親しんでいる場所を、じっくりと歩いてみることにした。いずれにしても、ローマのように歴史の堆積した都市は、なかなか見尽くすということができない。そして、何度訪れてもその度に感興をあらたにする場所に満ちている。だからこそ、ローマは《永遠の都》なのだろう。

虚構の町への旅（二〇〇六）

――ヴェリエール、ナンシー、アンディイ

（図８）フランス東部地方とパリ近郊

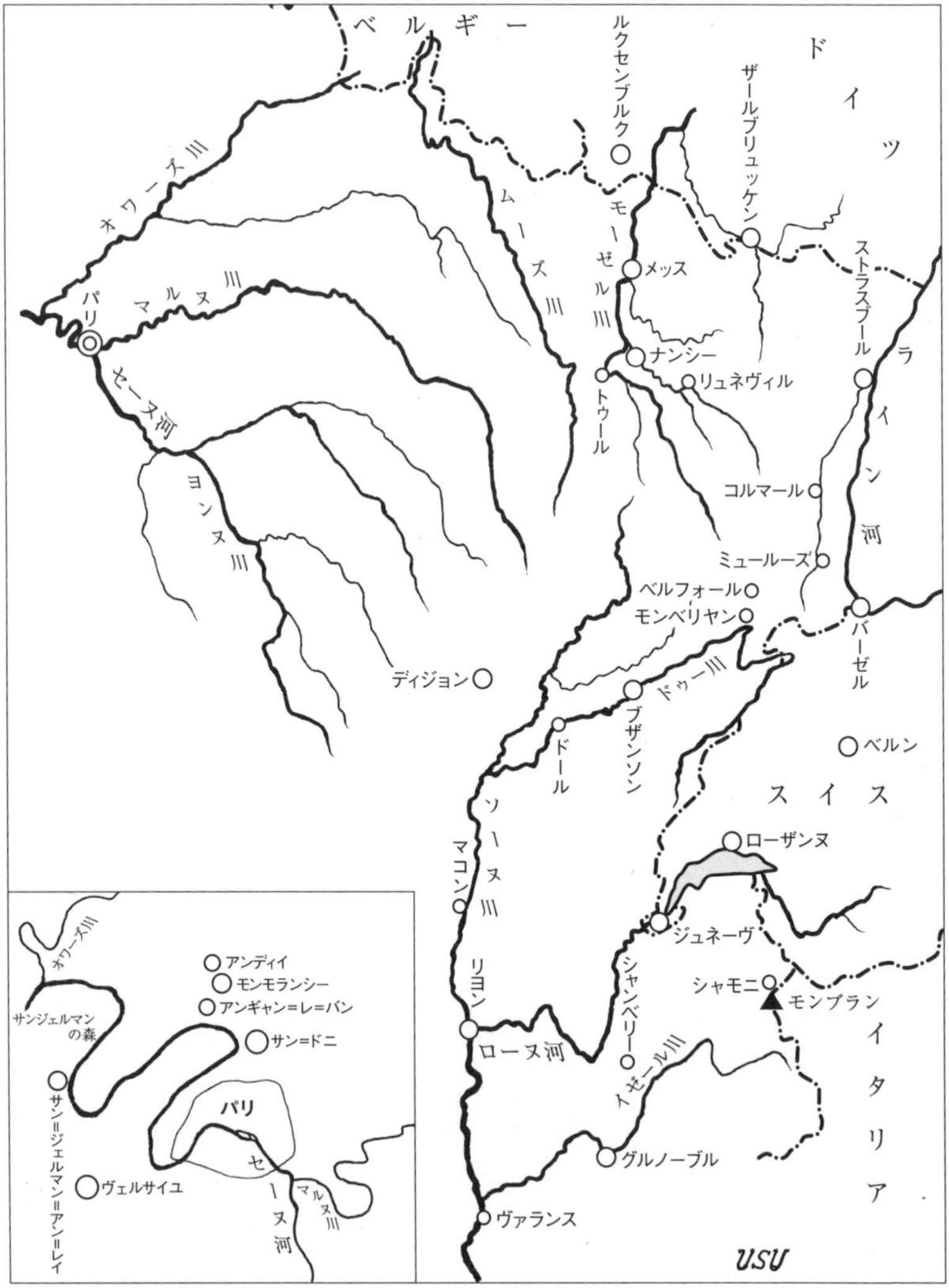

スタンダールの小説は、その時代背景とともに、物語が展開する舞台となる場所が印象的である。たとえば、『パルムの僧院』は、周知のように、パルマとその周辺の北イタリアが舞台であり、主人公が生まれたコモ湖のほとりをはじめとするスイス国境の湖水地方から、ポー河流域までのロンバルディーア一帯が物語に場所を提供している。そこには、実在の町や村の名前が頻出する。しかしまたそこには、作家によって作り出された想像上の地名がそれとなく滑り込まされている。主人公ファブリスの生まれたグリヤンタとか、サンセヴェリーナ公爵夫人の屋敷のあるパルム郊外のサッカとは、正確にはどのあたりを想定して作り出されたのだろうか。また、現実に存在する地名であっても、必ずしも実際の土地とは同一ではないと考えなければならないだろう。とりわけ、この小説の題名になっている「パルム（パルマ）」自体、現実のパルマとは、歴史的にも地形的にも似ていない町である。この小説のなかの核心である暴君の支配する宮廷や、高く聳えるサン＝タンジェロ城砦とファルネーゼ塔という監獄などは、スタンダールによって考え出された創造の産物であることは言うまでもない。これについては、専制的な小国家はモデナを念頭に置いて創造されたと言われ、牢獄は、作品中でもハドリアヌス帝の霊廟を真似て造られたものであることが明かにされているとおり（第六章）、ローマのサン・タンジェロ城がモデルになっていると言われている。しかしわれわれ読者は、モデルと無縁に、スタンダールの「パルム（パルマ）」が現実のパルマでないことは承知していながら、その舞台へとかぎりない空想を羽ばたかせ、愛着を深めていく。

スタンダールの巧みさというか、読者はあれこれ問う暇もなくこの想像の世界に引き込まれていくが、やがて、その舞台となったところはどんなところだろうかと、そこを訪ねてみたいという気持ちに誘われる。詮索がはじまるのはそれからである。わたしもそう思った一人であり、実際の場所が創造上の舞台と違うことを承知で、ただどのくらい作家にヒントを与えたものか見てみることを一つの口実にして、探求の旅に乗り出したのだった。

虚構の町への旅（2006）

一、ヴェリエール

「ヴェリエールの小さな町はフランシュ＝コンテのもっともきれいな町のひとつと見なされるかもしれない。赤瓦の、とがった屋根をもつ白い家々が丘の斜面に広がっていて、たくましく成長した栗の木の生い茂った林は、その丘のささいな起伏までもあらわにしている。ドゥー川が、往古スペイン人によって築かれ今はもう廃墟になった町の城壁のした数百ピエのところを流れている」

この『赤と黒』（一八三〇）の書き出しは非常に印象的である。このあとに続く数行とともに、これから展開する物語の舞台が実に美しく簡潔に描かれている。フランスの小説は、概して、日本の小説ほどには《書き出しの数行で読者を小説のなかに引き込もうという努力》をしていないように思えるが、スタンダールのいくつかの小説の場合は、期せずして、簡潔に物語の背景を冒頭で提示することで、読者をたちまちに物語のなかに没入させるように思われる。

『赤と黒』においては、ジュラ山中のヴェリエールという町について、読者をあれこれと想像に誘うほどに魅力的な描写と、町の人間関係に関する叙述を展開したあとで、ようやく主人公の青年ジュリヤン・ソレルが登場する。

読者には、このフランシュ＝コンテ地方の小さな町が、よもや架空の町とは思えない。それほどに現実感が漲っている。ヴェリエールは、コンブレと同じように作家によって創造された町であり、コンブレと同じくらい実在を感じさせる。しかし、コンブレについては、プルーストが幼年時代を過ごしたユール・エ・ロワール県の町イリエであり、小説に描かれた町はイリエそのものであることが知られている。町の名前をイリエからコンブレに変容させるところで、作家は想像力を飛翔させた。現実の町は作家の想像力によって魅力を加えて別の町に変貌している。したがって町は、小説の盛名にともなって、イリエからイリエ＝コンブレと名前を変えたが、そこにはいささかの問題もない。文学散歩の愛好家は、プルーストの町であり、かつ『失われた時を求めて』の主人公の町であるイリエ＝コンブレを、あるときは少年のプルーストの歩いたあとを、またあるときは小説の主人公の歩いたあとを、どちらという区別もせずに辿ることができる。実際、町の観光案内所で配布しているイリエ＝コンブレの地図には、〈スワン家の方〉ないし〈ゲルマントの方〉という具合に小説のなかの二つの方向が記入され、作家の叔母の家を中心に、小説の主人公が歩いたあとを、愛好家が辿りやすいように図示している。

しかしヴェリエールの場合は、そういう具合にはいかない。モデルの町の特定は非常にむずかしいし、これはむずかしいばかりか不可能であろう。ヴェリエールという地名自体は、現実にないわけではない。フランシュ＝コンテからスイスに入国する国境の道筋は十八箇所あるといわれるが、そのひとつにポンタルリエからヌーシャテルに向かって、フランス側のヴェリエール・ド・ジューからスイス側のレ・ヴェリエールへと越える道がある。この国境をスタンダールが現実に通過した記録はないが、少なくとも名前は知っていたことだろう。スタンダールはイタリアに行くために、『赤と黒』出版以前では、一八一一年、一九年、二三年に、パリからディジョン、ドール、ポリニーを経由してジュネーヴに、そして一八〇〇年（イタリア遠征軍の一員として）と一八二七年にもフランシュ＝コンテからスイスに入っているので、この地方の道筋については詳しかったと考えられる。では、そのヴェリエール・ド・ジューなりが、小説のヴェリエールかというと、まず肝心のドゥー川のほとりからはずれているので、これだけが理由ではないが、除外してもよいだろう。かれは記憶に残っていた名前だけを利用したものと考えられる。

フランシュ＝コンテ地方はその東側を、海抜千四百メートル以上の高峰があるにはあるが、大体が六百から八百五十メートルの高地から成るジュラ山脈でスイスと国境を接している。ドゥー川は、この山脈のフランス側南部海抜九百四十メートルの地点を水源に、ほぼ国境に近いところを北上し、一旦スイス側に出て、そのあと急旋回を描くようにしてフランシュ＝コンテ地方中央を南西に縦断して、ブルゴーニュ地方に入ったところでソーヌ川と合流する。全長は四百三十キロに達するという。スタンダールはかれのヴェリエールをこの川沿いに設定した。しかし現実にスタンダールの知っているドゥー川は、下流のドール付近の流れでしかない。そこから川を五十キロほど遡ったフランシュ＝コンテの州都ブザンソンにさえも行ったことがないのだ。ブザンソンは『赤と黒』のなかで、ヴェリエールの町を出たジュリヤンが入る神学校の所在地であり、またヴェリエールでレナール夫人を狙撃したジュリヤンが捕まったあと移送された牢獄、およびその犯罪が裁かれた裁判所の所在地として設定されているのにもかかわらず、である。

スタンダールは、すでに記したように一八一一年イタリア旅行の際に、はじめて単独でフランシュ＝コンテ地方に入り、ドールを通った。日記の九月一日付で、次のように記している。

「ドール、とても快適な地形。散歩道つまりクール・サン＝モーリスからは美しい眺めが得られる。三つの町〔ディジョン、オーソンヌ、ドール〕のうちなら、ここが好みの町だ」

スタンダールは、しばしば図を素描して文章に添える性癖があるが、ここでもクール・サン＝モーリスとナポレオン運河（ローヌ＝ライン運河）とドゥー川、それに川の対岸にAという記号の入った図を添えている。記号の註釈に「ラ・パスキエール、都会風の家、そこでは火縄銃を撃っている」と書いてある。この位置関係は少し実際と異なり、ラ・パスキエール（正しくはル・パスキエで火縄銃連盟の建物がある）は運河と川のあいだにある。スタンダールはこの日、夜になって見事な満月のなかを再びクール・サン＝モーリスを歩き、夜明けを待たずにドゥー川を越えてドールの町を立っている。

わたしとしては『赤と黒』をはじめて桑原武夫・生島遼一による翻訳で読んだ当初から、フランシュ＝コンテの山のなかの町の雰囲気を知りたいと思っていた。またしばらくすると、別に、スタンダールが『アンリ・ブリュラールの生涯』のなかで書いている次のような一行にも心を動かされていた。

「私は繊細な感受性で美しい風景の眺望を追求した。私が旅行をしたのはもっぱらそのためである。風景は私の魂を奏でる弓のようなものであり、しかもそれは誰も書き記したことのない景色なのだ（ドールから本街道を通ってくると、アルボワに近づくときにだと思うが、岩山の線が、私にとってはメチルドの魂の感覚的で明瞭なイメー

ジであった）」（第二章）

それは一九七五年の夏だった。わたしは、ナンシーで大学の夏期講座に出ていた友人と会ったあと、そこからベルフォールを経由してブザンソンを訪れた。ブザンソン滞在のあいだでドールに出かけ、ここまでくると地形がずいぶん平坦なのに驚き、ブザンソンでは城砦の裾をかなりの急流となってカーヴしていたドゥー川もここではいくらか勢いをなくしているように思われ、『赤と黒』の描写にドールを思わせるようなものが見られるが、ヴェリエールのもつ山のなかのイメージとはずいぶん違うように感じたのを覚えている。また、ブザンソンを出てシャンベリーに向かうために、乗り換えのブール＝カン＝ブレスまで特急に乗り、アルボワからポリニーを通過し、車窓から「メチルドの魂のイメージ」とスタンダールが言っている岩山はどれだろうと探したが、このあたりにはどれも山というほどの山はなく、現われるのはきわめて女性的ななだらかな丘ばかりで、少し裏切られたような思いをしたのだった。

しかし、わたしにはある点で誤解があったと言わなければならない。日本のようないわゆる山国にいると、山は尖った峰をもち、谷は逆に深く切れ込んだ狭間を想像してしまう。しかし、フランス語の山や谷は、必ずしもそれと同一ではない。たとえば、バルザックの小説『谷間のゆり』の「谷間」は、その舞台に行ってみればたちまちにして分かることだが、アンドル川の作り出す広い低地のことで、決して高い山に囲まれた深く狭い土地ではない。フランスの国土はなだらかにうねる大地の連続であり、ジュラ山脈も、地面にできた皺が盛り上がったような山脈であって、アルプスとは大きく異なる。

ヴェリエールのイメージにしてもわたしの先入観を少し修正した方がいいのかもしれない、と思った。

わたしは今年（二〇〇六年）パリ滞在の一日を割いてドールを再訪してみることにした。鉄道でパリから三百六十一キロ、今やフランスの誇る新幹線ＴＧＶで二時間である。七時四十四分にパリのリヨン駅発ローザンヌ行きに乗り、ディジョンまで一時間半、そしてそこから三十分でドール着。パリからドールまでのあいだではディジョンだけに停車する。ブルゴーニュの中心都市を出ると、列車は濃い霧のなかを上りはじめ、やがていくつかのトンネルをくぐりドールに到着した。駅に着く直前、車窓に製板工場が見え、ふとジュリヤン・ソレルの家業がドゥー川の流れを利用して材木を板にする同じ工場だったことを思い出した。

駅は町外れにある。太陽が照りつけ温度が上昇しはじめたなかを、標示を辿りながらジュール＝グレヴィ広場の観光案内所に行き、そこで町の案内図をもらった。この広場をほぼ北東から南西に走っている大通りを渡ると、旧市街はドゥー川に向かって下る斜面になっている。わたしは案内図を見ながら、まずその北の端に広がるクール・サン＝モーリスに行ってみた。スタンダールが日記に記している公園である。ここは運河の岸沿いの道まで斜面に切り開かれた公園で、すっかり樹木に覆われ、その石垣積みのいちばん高いテラスは、すぐに、小説のなかで、レナール氏がヴェリエールに建設した忠誠散歩道（クール・ド・ラ・フィデリテ）を思い起こさせた。忠誠散歩道については、スタンダールは『赤と黒』のなかで、語り手として一人称を用いてこう書いている。

「私は前の晩に抜け出してきたパリの舞踏会のことを思いながら、青みがかった美しい灰色の大きな石のブロック壁に胸をもたせかけ、幾度ドゥー川の谷を見下ろしたことだろう。かなた、左岸では五つ六つの谷が蛇行してきて、その底にわずかな水流がはっきりと目視できる。それが連続する滝になって流れてきたあとで、ドゥー川に落ちるのが見える。この山地では太陽はとても暑い。それが真うえから照りつけるとき、このテラスでは見事に育ったプラタナスの木々が旅びとの夢想を守ってくれる」（第二章）

わたしの方はクール・サン＝モーリスのテラスの木陰で同じように一息つきながら、目の下に広がるドゥー川の谷、つまりローヌ＝ライン運河とドゥー川と、そのあいだに広がる緑に覆われたル・パスキエ（かつては練兵場だった）の運動場やキャンプ場、そして町を迂回する交通頻繁な道路、さらには川の対岸のゆるやかな斜面に広がる新興住宅地などの現代の施設を眺めていた。そのかなたには広大なショーの森の山塊がかすんで見える。テラスにしばらく休んだあと、斜面に造られた遊歩道をゆっくりと降りていった。犬を散歩させる人などとすれちがう。やがて運河をパスキエ橋で渡り、これに沿って行くと、クール・サン＝モーリスの緑と対象的に、ノートル・ダムのバジリカの鐘楼を囲んで赤い瓦屋根の古い家々が斜面に折り重なるように肩を寄せ合っている旧市街が目に入ってきた。そして昔スペイン人によって建設された城壁が見えてきた。これは、この土地を神聖ローマ帝国が支配していたとき、カスティーリャ＝アラゴン王国（スペイン）のカルロス一世（カール五世皇帝）、フェリペ二世父子によって一五四〇年から九五年のあいだに建設されたものだという。実際、フランシュ＝コンテは伯爵領（コンテ）として独立しながらも、ブルゴーニュ公国、フランス王国、神聖ローマ帝国といった大国によって交互に何度も支配され、結局ルイ十四世の時代にフランス王国領に併合された。城壁は町を囲んで七箇所の防塁を結んでいたが、併合後ルイ十四世の築城家ヴォーバンによって取り壊され、部分的に廃墟が残った。今では、運河に面したところはきれいに修復されている。それは決して高さ数百ピエ（一ピエは三十三センチ）もあるものではないが、かなりの高さがある。わたしは運河の対岸からこの面白みのない城壁を眺めながらドゥー川にかかる大橋まで歩いた。そして辿り着いた川は、水量豊かで、しかもかなりの急流になっているので意外に思った。わたしは運動場の川沿いのところに行って、流されて二つの橋脚だけが残る中世の橋の残骸を眺めた。それだけで満足できず、キャンプ場のはずれまで少しでも上流へと歩き、そのあたりでは川の対岸は断崖になり、そのうえに川を見下ろすような配置で館のような建物があるのを認めた。

わたしは町の方に戻り、旧市街を歩きながら昼食のためのレストランを探した。結局、ローヌ＝ライン運河から別れたタヌール運河沿いの一軒の店が、戸外の日傘の下にテーブルを並べていたので、そこに座った。タヌール、つまりこの運河沿いは、中世以来、豊富なドゥー川の水を用いての皮なめし業が盛んだったのだ。ドールの生んだ偉人ルイ・パストゥールの父親も、ナポレオン没落後軍隊を放り出されてから、皮なめしの仕事をはじめていて、現在記念館になっている偉人の生家の地下には、その生業の様子が当時の設備や道具などで再現されている。

わたしはアルボワのワインを飲みながら、地元のシャルキュトリー（ハム）と、ビーフの網焼きフレンチ・フライ添えを平らげた。気温は上昇していたが、それでも運河沿いの戸外は風があって気持ちいい。この運河の対岸のシュヴァンヌ公園は、昔は麻を使った布地を製造していたところだそうだが、それがはたしてヴェリエールの産業のひとつとして小説のなかで紹介された「ミュールーズのものと称したプリント布地の製造」（第一章）のヒントだったかどうかは分からない。

わたしは船から町を眺めたらどうだろうかなどと考え、食事前に、一時四十五分に運河をめぐる観光船が出るのを調べていたので、デザートのあとのコーヒーは省略して、ローヌ＝ライン運河の乗船場に駈けつけた。乗客はわたしと一組のフランス人夫妻の三人だけ。船長が船を操作しながら案内役を兼ねる。この運河はバーゼルでライン河から分かれ、ミュールーズを経て、モンベリヤンでドゥー川と接続して、このドールでドゥー川と分かれ、ソーヌ川のサン＝サンフォリヤンまで繋がっている。ソーヌ川は周知の通りリヨンでローヌ河と合流する。一七八四年に建設がはじまって一八三三年に完成したという。フランスでは運河が発達していて、産業に重要な役割を果たしてきたが、この運河がときとして道路のうえを交叉していたりして驚かされることがある。車で走っていて、うえを船が通過することなど、日本では考えられない。

観光船は城壁の下から見上げるように旧市街を見学して、ドゥー川に合流する直前で上流に向きを変え、今度はクール・サン＝モーリスの麓を通過すると、両岸を遊歩道（アレー・ジャン・モネ）が続く美しい直線コースに入る。運河のうえに覆いかぶさるように葉を茂らせた落葉樹の並木が両岸を縁取っているので、直射日光が遮られて涼しく、また新緑や黄葉の季節にはきっとすばらしい眺めにちがいないと思った。運河は途中で水門(正確には「閘門」と言うらしい)によって六メートルほど上昇する。ドゥー川の本流には堰があったり、流れが急に下ったりする部分があるようだ。運河の水門の数がどのくらいあるか知らないが、ソーヌ川に向かっては船を少しずつ下ろし、ドゥー川に向かっては少しずつ上げるのに働いている。観光船は上流でも川との合流点まで行くことなく、途中で引き返し、およそ一時間少々の航海を終えて、もとの橋のたもとまで戻った。わたしはちょうど観光船のなかで食休みをしたような具合だった。

このあと、五時四十八分のパリ行きTGVの発車時刻まで、ドールの旧市街を探訪した。フランス王国に併合されるまで、この町はフランシュ＝コンテの中心都市として、大学もあったとのことだが、ルイ十四世はこの町がコンテの独立を掲げ王権への抵抗の温床になることを許さず、州都の機能や大学をブザンソンに移したのだった。しかし、その後、十八世紀には、クール・サン＝モーリスやセー公園が整備され、ドゥー大橋や慈善病院(現リセ寄宿舎)女子更生保護院(現市役所)など多くの施設設備ができ、それらは十七世紀に作られたオテル＝デュー(貧民施療院、現古文書館)などとともに、観光の名所になっている。

『赤と黒』に描かれたヴェリエールの町は、ドールと同じようにドゥー川の右岸にあるようだが、やはりもっと上流地点が想定されているようだ。それは次のような記述から推測できる。

「ヴェリエールは北側を高い山によって守られているが、それはジュラ山脈の支脈のひとつである。ヴェラ山のぎざぎざの峰々は、十月に最初の寒さが到来するや、雪に覆われる。ひとつの奔流が山からほとばしり落ちてきて、ヴェリエールを横切り、ドゥー川に注いでいる」（第一章）

ここに記されているヴェラ山というのは、スタンダールの創造した山である。しかし、ジュラ山脈の支脈だとすると、やはり、町をもっと東のスイス寄りに考えた方がいいだろう。そしてまた、町はうしろに山を背負い、ドゥー川に面する地形にあるとなると、位置的にはドールとはむしろ逆である。ドールは川向こうにジュラ山脈を望む地形である。ドゥー川に流れこむ急流が、町のなかで製材所やレナール氏の経営する釘工場に動力を与えている様子が描かれるが、これは明らかにヴェリエールが山側にあることを示しているものである。町が右岸にあって、それが山側となると、ドゥー川は全体として北に流れていくモンベリヤンまでの上流と考えた方がいいのかもしれない。

しかし、無駄なことを考えるのはやめよう。スタンダールは、かれの通過したフランシュ＝コンテの各地の様子、いや、それはかりか、かれの知っている各地の山中、とりわけかれの生まれたドーフィネ地方やアルプスの様子などもこの作品中に注ぎ込んで舞台を作り上げたと考えられるのである。ヴェリエールから二リュー（八キロ）のところにブレという郡役所所在地を配し、一リューのところにはブレ＝ル＝オという聖クレマンの礼拝堂を置くなどして、かれの地図をいちだんと完成させるが、読者の方は頭のなかでそれを再構成できない。図で示すことの好きなスタンダールのことだから、かれの頭のなか、あるいは存在したかどうか分からないかれのノートのなかに、地図ができていたのだろう。フォークナーの架空の町ではないが、作品に地図を添えてあるとすれば、どうだったろうか。それでも物好きは、モデルを探したにちがいないし、何も解決できないであろう。

最後に、もうひとつ気になるのは、レナール氏の別荘のあるヴェルジーである。小説中でジュリヤンがレナール夫人を誘惑する最初のクライマックスを用意する舞台だが、それはヴェリエールからさほど遠くないと思われるにもかかわらず、以下のように書かれている。

「宮廷人のやり方を模倣することに熱心なレナール氏は、春の晴れた日々が到来するや、ヴェルジーに居を移した。それはあのガブリエルの悲劇的な恋愛事件で有名になった村である。ゴチック式の古い教会のとても変った廃墟から数百歩のところに、レナール氏は、四つの塔のある古い館と、入り組んだ柘植の生垣や、年に二度刈り込みをするマロニエの並木道のある、チュイルリー公園のように設計された庭園とを持っていた」（第八章）

興ざめになるので追求はやめたいところだが、スタンダール一流の歴史的事件や文学作品のなかの出来事を、さりげなく小説のなかに挟み込み現実感を出す手法が見られる。つまり「ガブリエルの悲劇的恋愛事件」は、中世の物語『ヴェルジー城主の奥方』によって知られる事件だという。ブルゴーニュ公の奥方の横恋慕で中傷されたヴェルジー城主の奥方が恋人の騎士の裏切りを疑い死んでしまう、という物語である。ガブリエルという固有名詞は昔読んだ翻訳にはなかったように記憶するが、この物語はさまざまに語り継がれているようだ。いずれにしても、これはブルゴーニュのコート・ド・ニュイ近くのヴェルジーが舞台とされるのだが、スタンダールはこの地名を利用している。ガブリエルの悲劇的事件が、ジュリヤンとレナール夫人の恋愛の悲劇的結末を暗示しているとも思えないのだが。スタンダールのヴェルジーは、伝説のヴェルジーから独立して、独自の村に作り変えられている。

二、 ナンシー

スタンダールが小説『リュシヤン・ルーヴェン』を執筆しようと思いつくのは、『赤と黒』の出版から四年経った一八三四年のことである。パリ滞在中に、かれが信頼を寄せる友人のジュール・ゴーティエ夫人（一七九〇〜一八五三）から、『中尉』と題された小説の原稿を託され、任地のチヴィタヴェッキアに持ち帰った。それを一読したスタンダールは、五月四日、夫人への手紙で書き直しをすすめ、「ルーヴェン、エコール・ポリテクニークを追放された生徒」という題名を採用するように提案する。ところが、すぐにかれはゴーティエ夫人の小説を自分流に書き直してみようと計画し、六月十一日には執筆にとりかかる。しかし、この年には本格的に執筆作業に入ることはなかったようだ。そして、翌年の六月二十二日になって再び着手、七月末から八月はじめにかけて、四回に渉って冒頭の部分を口述筆記。夏に暑さを避けてローマ郊外のアルバノに行っているあいだに、構想をさらにまとめたものか、九月に入ってから再び口述筆記をしている。しかし、この作品の本文は、それ以上継続されることはなかった。こうして、この未完の大作は、作者の死後五十年以上経過した一八九四年になって、不完全ながら、やっと日の目を見ることになった。

この小説の舞台は第一部がナンシー、第二部がパリになっている。主人公のリュシヤンは、エコール・ポリテクニークの学生だったが、外出禁止令を破って外出しそこを退学させられると、父親の知りあいの口利きで、第二十七槍騎兵連隊少尉としてナンシーの連隊に入ることになり、ロレーヌの州都にやってくる。そして、このナンシーで出会うのがバチルド・シャステレール夫人である。夫人は、ポンルヴェ侯爵の娘で、元シャルル十世付き近衛少将シャステレールの未亡人である。シャステレールは一八三〇年に七月革命が起こると、妻とともにパリから妻の実家があるナンシーに逃れた。ここはドイツ国境に近く、いざというときにライン河を越えて逃げられるという理由だった。ポンルヴェ侯爵の家に夫妻は身を寄せていたが、この地で夫は亡くなり、バチルドは若くして未亡人になった。

リュシヤンとバチルドの出会いは風変わりだ。連隊とともにナンシーの町に入ったリュシヤンは、ある一軒の館のまえを通ると、緑色に塗られたよろい戸が細めに開いて、金髪の若い女の顔がのぞいているのに気づく。かれはその顔に気をとられて落馬し、すっかり醜態をさらしてしまう。そのカーテンの陰の女性が誰か分からない。リュシヤンはこの女性が気になり、彼女について知ることに懸命になる。やがて、ヴァン・ペテルス＝ルーヴェン商会という銀行経営者の御曹司であるリュシヤンは、金持ちだと言う評判が功を奏してナンシーの社交界に迎え入れられるようになり、その館の住人の美しい未亡人と面識を持つことになる。

このポンルヴェ侯爵の館は、町に入ったすぐのポンプ街にあった。リュシヤンは落馬したあとで、その館を偵察に行く。

「その窓はゴチック式の窓枠をもち、ほかの窓よりも小さかった。それは大きな家の二階にあり、家のほうは明らかに古いが、地方のよき趣味にしたがってあらたに塗り替えられていた。二階には美しい窓が取り付けてあったが、三階の窓はまだ十字窓だった。この半ゴチック様式の家は、ポンプ通りと交叉するルポゾワール通りに面して、今風の見事な鉄柵門扉を備えていた。門のうえには、黒味を帯びた大理石に金文字で、オテル・ド・ポンルヴェと書いてあるのをリュシヤンは読んだ」（第四章）

スタンダールの描写は細かい。しかし、ナンシーは実在の町であるが、ここに出てくる二つの通りは過去も現在も存在しない。

また、リュシヤンが兵営に落着いたあと、馬を買いに寄った宿駅の主人に、いちばん評判のいいホテルを訊ね、オテル・デ・トロワ・ザンプルール（三帝ホテル）という宿が紹介されるが、その所在地はヴュー・ジェジュイット街十三番地である。これはグルノーブルでスタンダール＝ベールが生まれた街の名前で、この街に昔イエズス会の施設があったことからこのように命名されたもので、そうやたらに存在する名前ではない。ちなみに、かれの生家はその街の十四番地であった。

このように、実在の都市ナンシーはまるでどこにもない町のような姿をとっている。そしてスタンダールは次のように書いている。

「ナンシー、ヴォーバンの傑作であるこの堅固な町は、リュシヤンには醜悪に思われた」（第四章）

このロレーヌ公の町は、フランス王国に再三占領され、ルイ十四世の支配下に入った時代には、確かにヴォーバンが町を取り囲む市壁を一部分作り変えているが、町自体はヴォーバンによって設計されたものではないので、ナンシーにとってはいい迷惑であろう。反対に、ナンシーと言えば、一七六六年になってフランス王国に併合されるよりもまえに整備された、スタニスラス広場やペピニエール公園、そしてその後にできたクール・レオポルドなどの有名な散歩道が思い出されるはずだが、小説中にはそうした一般に知られた実在のものは名前さえも登場しない。流行の散歩道は〈パリ街道〉という架空の場所である（第一〇章）。

というのも、スタンダールが小説の舞台にナンシーを考えたのは、小説に着手してしばらく経ってからのことだった。かれはヴェリエールと同じように、架空の土地を舞台にしようと名前を考え、その結果口述筆記の際にモンヴァリエという名前を付けて、それを原稿に起こしていた。しかし、進行の過程で出版書肆（ルヴァヴァスール）の意見により実在の地方都市にすることを検討したという。グルノーブル図書館所蔵の原稿に添付されたメモ書きには、モンヴァリエの名前を消去してナンシーに代えるように指示がある。

では、なぜナンシーなのだろうか。スタンダールはナンシーを訪れたことがない。陸軍主計官補として任務についていた一八〇六年と一八〇八年に、ドイツに向かうためにストラスブールを通過しているので、あるいは町を見ているのではないかとも思えるが、パリからだとナンシーよりもむしろメッス経由でストラスブールに入るのが普通だから、ナンシーがストラスブールに近いといってもその可能性は少ない。スタンダールは、ナンシーに二時間だけいたことがあると、すでにあげた〈メモ書き〉に続けているが、ほんとうかどうか分からない。

スタンダールにとっては、物語の展開する場所が必ずしもナンシーである必要はなかったが、現実の都市を考えると、やはりフランス東部の町が頭に浮かんだのであろう。七月王政下、ブルジョワ対貴族、王党派対共和派がさまざまに入り組み、上流社会が依然としてサロンに寄り集まっている地方都市となると、生まれ故郷のグルノーブルに匹敵し、それでいてもっと距離的にパリに近く、首都の影響を受けやすい町が想定されたのかもしれない。わたしは、この作品がナンシーを舞台にしていることに違和感を覚えないが、フランスの読者はどう受け取っているのだろうか。

ナンシーはわたしにとって懐かしい町である。今では日本におけるサルトル研究の第一人者の一人と見做されている友人が、この町の大学に給費留学生として滞在していたときに、はじめてこの町を訪れた。一九七一年のことであった。人付き合いの上手な、そして誰からも愛される友人は、そのときすでにナンシーで一年あまり暮らしていたが、現地のフランス人や留学生の東洋人、同胞など多くの友人を作っていて、わたしはそうしたかれの友人たちに次つぎ紹介され、共に楽しい日を過ごした。かれの女友達の一人に、メッス、リュネヴィル、トゥールといった近隣の町に車で案内してもらい、メッスのサン＝テチエンヌ大聖堂、リュネヴィルのヴェルサイユ宮殿風のシャトーなどを訪ねたのが思い出される。ナンシーの中心であるスタニスラス広場のカフェで、あるいはブードンヴィルの文学部近くにあった中華料理店でおしゃべりに時間を過ごしたが、わたしにはまだ人生は限りなく長いように思われた日々だった。

その後、ナンシーには一九七五年にも訪れているが、それ以来行っていない。懐旧の思いもあって、思い切ってパリから日帰りで行ってみることにした。列車で二時間四十五分は、昔とあまり変らない。来年（二〇〇七年）には、TGVの新線が完成して、ストラスブール、フランクフルト、チューリヒまで行くのに大幅に時間が短縮されるとのことだが、パリとナンシーのあいだは一時間三十分で結ばれるという。そのためにパリ東駅もナンシーの駅も改造中であった。

ナンシーについては、美術館でジョルジュ・ド・ラ・トゥールの絵画に出合ったことなどが思い出されるが、町がどんなであったか細かいことは思い出せなかった。とにかく到着すると繁華な通りを歩いて町の中心のスタニスラス広場に向かう。今や世界遺産に登録されて、広場を取り囲む市役所、県庁、美術館などの、広場と同時に総合的プランによって造られた建物（エマニュエル・エレ作）は白く磨かれ、建物を結ぶ鉄柵（ジャン・ラムール作）は黒と金色にあらためてきれいに塗りなおされている。広場の観光案内所で地図をもらい、また町の歴史に関する資料を購入してから、この広場と接続する長方形のカリエール広場を、昔のロレーヌ政庁の館の方向に向かって歩いた。ここも世界遺産に登録されているらしいが、ローマのフォロのセプティミウス・セウェルスの凱旋門を模した門やサン・ピエトロ広場の馬蹄形の柱廊を模した柱列などは、十八世紀の少し遅れた古典趣味というか、ローマを見たことのある者にはあまりおもしろいものではない。知事の館を左手に回ると、黒いスレート瓦の高く尖った屋根を持つロレーヌ公の宮殿が聳えている。修復中で、グランド＝リュ（大通り）と称する狭い道路に、鉄パイプによって囲われた歩行者用の通路ができていた。ブルゴーニュのシャルル豪胆公に勝利したロレーヌ公ルネ二世ダンジューが、それまでほとんど廃墟になっていた建物をこのどっしりした宮殿に造りなおした。その外観はフランボワイヤン（火炎）様式の装飾を施され、建物をたくさんのガルグーユ（怪物）が守っている。雨が降ると、急勾配の屋根を滑り降りてくる天水を樋で受けて、怪物の口から吐き出す仕組みになっている。現世の居住地の隣がコルドリエ教会で、ロレーヌ公の墓所があり、ルネ二世の墓などがある。グランド＝リュをそのまま辿ると中世のクラーフ門、ついでルネサンスのシタデル（城砦）門に到達する。

歴史的メインストリートをひと通り歩いてから、カリエール広場に戻り、そこで市内観光用のミニ列車に乗った。遊園地の子供を乗せる列車のようなものだが、最近では各都市でこういった乗物が市内見学に使われている。環境に配慮して、電気を動力にした汽車が、三、四輌の客車を牽引して、観光バスの入りにくい狭い旧市街などを観光案内する。わたしがこの手のものに乗るのははじめてである。昔は観光バスなどを馬鹿にしていたが、最近は、年齢のせいもあり、効率よく見て歩くために、それも悪くないと思うようになった。客車の座席ではヘッドフォンで案内が聞けるようになっている。いくつかの国の言語から選択できるようになっているが、日本語の音声ガイドもあって、最初はそれを選択したが、固有名詞の読みが分かりづらい。原語からの翻訳文がよくないようだ。最近では美術館などのパンフレットにも日本語版がふえてきたが、誰に頼んでいるのか、相変わらず分かりにくい翻訳が多い。

ミニ列車は、かなりの数の観光客をのせて、東はクール・レオポルド、西は第二十六歩兵連隊ブールヴァール（それこそ変わった名前だが）に挟まれた旧市街をうねうねと走った。グラーフ門にロレーヌ十字のほかに薊《あざみ》の紋章が付いているのに気づいていたが、説明によるとラテン語の銘「触れると刺す」が書かれているとのこと。大国ブルゴーニュのシャルル豪胆公の攻囲に耐えた末に、この軍勢を撃破して、豪胆公を狼の餌食にしたロレーヌ公の意地のようなものが感じられる紋章と銘である。豪胆公の狼にむさぼられた死骸はグランド＝リュに晒されたとのことだが、その近くにはルー（群狼）通りというのもある。

ミニ列車に乗って分かったことだが、クラーフ門から入った東側、オー・ブルジョワ街やプチ・ブルジョワ街には、三階建てくらいながらも高い造りの貴族やブルジョワの館が多く、それらはおもに十八世紀に建設されたものとのことだ。グランド＝リュとクール・レオポルドに挟まれたルー街からトゥルイエ街にはルネサンス期の建物もあり、現在高級ホテルになっているオーソンヴィル館は、レース模様の鉄柵のなかに庭を擁した四階建ての簡素で美しい建物だが、領主の館と同じで屋根が高いので、屋根裏部屋も広そうで、ホテルでは客室になっているようだった。

わたしは、ミニ列車を降りてから、食後にこの界隈を歩いてみた。スタンダールがナンシーを空想で描いているにもかかわらず、わたしの方は、ポンルヴェ邸に似た館、シャステレール夫人が通りを見下ろせそうな窓を探してみた。このあたりの館は、スタンダールが多分頭に浮かべているパリのフォーブール・サン＝ジェルマンの豪壮な館に較べれば、小さく、そうした窓は確かに多いが、当然ながらスタンダールの描写に合致しそうなものはない。付け加えれば、作家は、オテル・ド・ポンルヴェの近くに、リュシヤンが夫人の動静を探るために通う新聞・図書閲覧所を配したり（第六章）、「ロレーヌ公のルネとかいう人によって築かれたゴチック式の小さな礼拝堂」（第二四章）を置いたりしている。

わたしは、ペピニエール公園を横切って、第二十六歩兵連隊ブールヴァールに突き当たると、サント＝カトリーヌ門まで行き、同じ名前の通りを兵営（カゼルヌ・ティィリー）の前まで行った。どっしりとした建物で、今なら官庁の建物といった感じだ。スタンダールの時代には、ナンシーの連隊に派遣された若者たちが、ここに入営したのはまちがいない。市壁内で、今では町の中心になっているのに、施設が兵営のまま残っているのは珍しい。もっとも、手狭らしく、ナンシー周辺にはもっと大規模な兵営が散らばっている。

スタンダールは、ナンシーを舞台に設定したあと、それをもっともらしくするために、近隣の地名としてバカラとかダルネーを織り込んでいるが、リュシヤンがシャステレール夫人への手紙を投函するのにわざわざ出かけるダルネーは、「ナンシーから六リュー〔約二十四キロ〕のパリ街道の町」（第二三章）とされている。実在のダルネーは、ナンシーから南の方に直線距離で六十キロのところにあるから、小説のダルネーは架空の町と考えた方がいいだろう。

さて、『ルーヴェン』では、ナンシー郊外に、まったくの架空の地名としてビュレルヴィレールの森が登場する。この森（ボワ）は、その美貌でシャステレール夫人と張り合うドカンクール夫人が恋人としばしば出かける森として、はじめの方で宿駅の主人によってリュシヤンに紹介される。

「ここから一リュー〔約四キロ〕、平野のはずれにある見事な黒い森で、それはいいところです。そこにはドイツ人が経営する〈緑の狩人〔シャスール・ヴェール〕〉というカフェがあって、いつも音楽をやってます。当地のティヴォリといったところです」（第四章）

リュシヤンとシャステレール夫人は知り合いになったあと、お互いのことが気になりながら、反発したり、無視したり、なかなか素直になれない。しかしそうしながらも、二人の心は恋へと高まっていく。セルピエール家でばったり出会った二人は、その家のテオドランド嬢の提案でそろって森の〈緑の狩人〉へ出かけることになる。

「その夕べ、〈緑の狩人〉のカフェハウスには、ボヘミアのホルン奏者たちがいて、甘く、単純で、ゆったりした音楽を、うっとりするように演奏していた。これほどやさしさにあふれ、これほど心を奪うものはなく、これほど森の大樹の背後に沈んでいく太陽と調和するものはなかった。時どき、太陽は深い緑を透かして光を投げかけ、広い森のこのたいそう感動的な薄闇に命を吹き込むように思われた。無感動な心の持主の最大の敵のひとつに数えられる魅惑の宵であった」（第二三章）

こうした雰囲気のなかで、二人の気持ちは打ち解けていくが、夫人は自制心が強く、リュシヤンに自宅への訪問を許したことをすぐに反省し、二人きりで逢わないような画策をする。だが、再びセルピエール家を訪問して、みんなからビュレルヴィレールの森への散歩に誘われると、心のなかで理由をつけながら同意する。今度はカフェハウスでの演奏はモーツァルトである。二人は森のなかを散歩しながら、喜びにひたされ、シャステレール夫人はリュシヤンにあずけた腕がぎゅっと締め付けられると、彼女もそれに応える（第二六章）。

この場面はいわば第一部のクライマックスであるが、スタンダールははじめ、この森をプレモールという名で考え、作品の題名を一時「プレモールの森」にしようかと思ったらしい。そして次に、そこに登場するカフェハウスの名前を題名に採用し「緑の狩人」とした。一八五五年に、ミシェル・レヴィ版の『未発表作品集』に一部分が掲載されたときは、この題名が採用された。「緑の狩人」が題名になると、カフェハウスの名前に留まらず、もっと暗示的なものになるようにわたしには思われる。

この小説については、スタンダールは他にも「マルタのオレンジ」とか「赤と白」といった題名を考えている。「赤と白」は前作『赤と黒』を頭に置いて考えられたが、共和派のリュシヤンと王党派のシャステレール夫人を対立させた題名である。今ではどの版も『リュシヤン・ルーヴェン』を採用しているが、これもスタンダールが最終的に決定したものかどうか分からない。日本では小林正が、はじめ『緑の猟人』というタイトルで翻訳出版し、のちには『赤と白（リュシヤン・ルーヴェン）』というタイトルに変えたものを出している。

三、　アンディイ

『赤と黒』のヴェルジーの庭園、『ルーヴェン』のビュレルヴィレールの森を考えるとき、さらに思い出されるのが『アルマンス』（一八二七）のアンディイの森である。これらの自然環境は、主人公たちの恋愛に何らかの進展をもたらす。スタンダールの小説では、〈自然〉〈散歩〉〈音楽〉といったものが、恋愛に大きく寄与する。

アンディイは『アルマンス』のなかで、主人公オクターヴの母親マリヴェール侯爵夫人の親戚でかつ親友のボニヴェ夫人が城館を持っている土地として描かれる。これは実在の土地で、パリの北二十キロあまりのところに広がるモンモランシーの森の南麓に位置する小さな町であるが、町と言うよりむしろ村と言った方がいいかもしれない。

エコール・ポリテクニークを卒業した二十歳の青年貴族オクターヴは、その城館のパーティーで、社交界で評判のドーマル伯爵夫人の心を摑む。パーティーに参加した一行は、夜になってアンディイの森を散歩するが、オクターヴは森の大木のあいだにベンガル花火を仕掛け、魔法使いに扮装し突然出現して、みんなを驚かせ、楽しい興奮の渦に巻き込んで、強い印象を与える。かれは、実はボニヴェ夫人の家に引き取られているアルマンスを自覚しないままに愛していて、アルマンスもひそかにかれを愛している。オクターヴは、アルマンスから自分の気持ちを引き離すようにして、本心では軽蔑している社交界の交際に身を投じ、そこで人気者になっていく。

『アルマンス』のストーリーは、パリとアンディイのあいだを往復しながら進行していくが、やがて森の散歩のあいだに、ドーマル夫人はオクターヴのアルマンスに対する気持ちを見抜いて、それをオクターヴに告げて、かれに雷の一撃を与える。そうした場面を準備するところでは、次のような描写からはじまる。

「ある夕べ、耐えがたい暑さの一日のあと、アンディイの丘を飾るきれいな栗の木の茂みのなかをゆっくりと散歩していた。昼間は時として、これらの森に物好きがやってきて荒らしていくことがある。その夜は、夏の美しい月の穏やかな光に照らされて魅惑的で、これらのひと気ない丘は心を奪う光景を呈していた。それらは高貴さを帯びていて、輝く月の黒い影が細ごましたものは隠していた。甘美なそよ風が木立のあいだに戯れ、この気持ちのいい夕べに魅力を加えていた」(第一六章)

オクターヴはドーマル夫人のグループに遅れて、アルマンスと並んで歩き、かれがドーマル夫人たちと付き合うのはボニヴェ夫人を困らせないためであることなどを率直に話し、アルマンスの心のわだかまりを解くのだが、それを聞く彼女はオクターヴの胸に寄りかかりうっとりとかれを見つめている。オクターヴもわれを忘れて、幸福の絶頂に運ばれていく。

「それは、激しく感じるようにできた魂の持主に、あれほど多くの不幸の代償として、時として偶然やってくるあのごく短い瞬間のひとつであった」（第一六章）

こうスタンダールは書いている。これをドーマル夫人に見られてしまうのである。オクターヴはどういうわけか恋愛をしないことを心に決めていたので、かれが従妹を愛しているという夫人のこの指摘に愕然とする。

スタンダールは、『ルーヴェン』に先立って、この作品でも森の散歩が、愛しあう者の心を近づけるのに一役買っていることを示している。また、そればかりか森と館は、小説の舞台として、ことのほか巧みに用いられている。オクターヴが狩に出る準備のために館の窓から外に向かって森番に合図をしたのをアルマンスは誤解する。また、庭のオレンジの植わっている鉢を介しての二人の手紙のやり取りは、二人の仲を裂こうとするオクターヴの伯父のスービラーヌ騎士長とボニヴェ夫人の三男ボニヴェ騎士の作成した偽手紙によって妨害される。多くの登場人物を一堂に会させるのも、森のなかの城館ならではのことである。

スタンダールは実際アンディイという土地が気に入っていた。しかしかれが最初にこの地を訪れたのはいつのことだろうか。『エゴチスムの回想』第一〇章には、一八二二年に『恋愛論』の校正をするときに、モンモランシーに部屋を借りたと記し、そこにはかれの散歩コースを図で付け加えているが、それは判読が困難ながら、アンディイからブールヴァールを下り、モンモランシー街道に沿ってわき道をまたアンディイに帰るというコースのようだ。しかし、本文では、アンディイについて特に記していないので、この散歩コースの図はのちの記憶かもしれない。かれは二三年、二四年とモンモランシーに行き、『ラシーヌとシェイクスピア（第二部）』（一八二五）のなかではじめて、「ロマン派から古典派に宛てた書簡」の発信場所としてアンディイの地名を記している。かれは『アルマンス』を出版した翌年の一八二八年には、パリ発八月六日の手紙でジュール・ゴーティエ夫人にこう書いている。

「サン＝ドニに着いたら私に連絡するのを忘れないでください。私はすぐに会いに行きます。一緒にアンディイの森へ行きましょう。そこは相変わらず私にとって、パリ周辺ではこれ以上にないところです」

サン＝ドニはパリの入口の町であるが、またモンモランシーへ行く出口にあたり、ゴーティエ夫人はサン＝ドニとパリに家を持っていた。

そして『エゴチスム』では、あの今では一般に知られている墓碑銘の原稿「生きた、書いた、恋した」を書いたあとで、ついにこう書いている。

「この墓碑を作るのに必要な金が取っておけたらのことだが、それをモンモランシーの近くのアンディイの墓地に、東向きに置いてくれるように」（第五章）

そして一八三六年六月八日と一八三七年九月二十七日の遺書で、このアンディイの墓地に自分を埋葬してくれるように希望を述べている。とりわけ後者では、次のようにある。

「〔コロン氏には〕私をアンディイ（モンモランシーの谷）の墓地、もしくは、そこの値段が高すぎるようなら、モンマルトルの墓地の、ウードト家の記念碑の近く、よく目立つところに埋葬してもらいたい」

スタンダールにとって現在墓のあるモンマルトルは二番目の候補だったわけである。もっともアンディイであったら、愛好家の墓参もなかなか容易ではない。

わたしはスタンダールの愛した土地、『アルマンス』の舞台となった土地アンディイに、やはり行ってみなければという思いが以前からあったのだが、近いわりには交通の便が悪く、なかなか思い切れなかった。

そこで今年（二〇〇六年）の夏は、場合によってはどこかアンディイにいちばん近いRER（首都圏高速鉄道）の駅からタクシーを利用してもいいだろうと考え、パリ在住のKさんを誘ってみた。Kさんはずいぶん昔、学生時代に、大学でわたしの授業に出ていた国文学専攻の女性だが、大学を卒業してからフランス語を勉強しにパリにやってきて、そこで今のご主人のフランソワさんに摑まった。もっともどちらが摑まえたのか、正確なところは知らない。フランソワさんは、ニュートリノを研究する原子物理学者だが、今はパリ大学ピエール&マリー・キュリー校の教授であり、その付属研究所のえらいポストに就いている。気さくな人で、これまでも、わたしにはニュートリノの話をしても分からないので、評判のバンド・デシネ（劇画）やらスクラブルなどのゲームを教えてくれたことがあった。そのフランソワさんにKさんからアンディイ行きの話が伝わり、幸運なことに、丁度休暇中だからと車の運転を引き受けてくれることになった。こうして日曜日の昼近く、わたしたち三人はピクニック気分でパリを出発した。

ポルト＝ド＝ラ＝シャペルから高速道路に乗ると、サン＝ドニを経由してセーヌ河の流域を走り、三十分あまりでモンモランシーに到着した。フランソワさんもこの方向に来るのははじめてのようだが、車のナヴィゲーションの音声に従って、住宅の切れない道を少しずつアンディイに向かって上って行った。パリ盆地は、やはり人口が集中して、どこまでも住宅で埋め尽くされている。しかし、モンモランシー、サン＝ジェルマン、マルリー＝ル＝ロワ、ムードン、ヴェリエールなどの広大な森（フォレ）に囲まれているので、よい環境を保持しているようだ。

マルジャンシーの町を越えてアンディイの小さな町に入り、まずスタンダールが埋葬されることを望んだ墓地を目指した。そこはモンモランシーの森に入るかなり急な上り坂の途中にあり、展望台のすぐしたに位置していた。車を道端に止めて、石の塀に囲われた墓地の鉄柵のくぐり戸を開けると、斜面に建ち並ぶ墓石の彼方に、パリ盆地が広がっていた。正面は東南の方向になるが、その遠くにモンマルトルの丘とサクレ＝クール、エッフェル塔、モンパルナス・タワー、そしてラ・デファンスの高層建築群が一望のもとに展開していた。スタンダールはモンモランシーの谷からアンヴァリッドが一直線と書いているが、当時は高い建物というとそれくらいだった。この日は空気が少し湿気を含んでいたために、霞んだ感じだったが、秋にはもっとはっきりと見えることだろう。

墓地は空間的にまだ余裕があるようだし、もはや無縁仏になったのであろうか、荒れて実生の栗の木が生えている墓もある。わたしたちは、もともとここがそんなに値をはる墓地だったとも思えず、遺言執行人のロマン・コロンはやはり墓参の便利を考えてモンマルトルに決めたのだろうと推測した。

墓を見て歩いているうちに、Kさんが、一基の墓のまえで、スタンダールが書きそうな碑文が刻まれていると指摘したので行って見てみると、比較的新しい磨いた黒御影石の墓のうえに金文字で次のように書かれていた。

《アンディイ、美しい村。人はここに来て、ここを思い出し、またここに来る》

スタンダールはまさにこの土地が忘れられずに、死んだときにはここに帰ってきたかったのだろう。わたしはあらためてかれの遺言を思い出した。そしてまた、スタンダールの高所好みも頭に浮かんだ。かれはいつも展望のきくところを好み、かれの作品の主人公たちもその傾向を受け継いでいる。スタンダールはこのパリを遥かに望む墓地に永遠の住まいを得て、世の移り変わりを見ていたかったのかしらと考えた。

わたしたちは展望台まで坂道を歩いていったが、そこはベンチなどが置いてあるものの、茂った樹木が視界を遮っていて、むしろ墓地の方が見晴らしはよかった。再び車のところに戻り、折り返してアンディの中心に向かった。住宅の塀に沿って下りながら狭い一方通行の道を辿り、町の中心サン＝メダール教会前の広場に出るが、そこは郵便局とわずかな商店があるばかりである。車を広場の駐車場に置いて、今度はアンディイの城館まで歩いて行った。広い土地のなかに建つ新しい町役場を回るようにして、ブールヴァール・ダンディイに出た。ブールヴァールといっても、往復二車線の狭い道である。アンディイの城館ことシャトー・ベルモンはこのブールヴァール沿いに門があり、奥に白亜の二階建てが翼を広げていた。「私有地」とも書いてなかったので、呼び止められたら見学を申し出るつもりで、敷地のなかに入っていく。今はレストランかホテルにでもなっているのだろうか、そんな雰囲気なのだが、それにしては何の看板も出ていないし、何台か車が止まっているが、人の姿は見えない。建物の中央、階段であがった一階に入口があり、一階は二階の倍ほどの高さがありフランス窓が入っている。屋根はマンサール式で、屋根窓がバランスよく穿たれている。わたしたちは館の正面を眺め、それから誰にも見咎められることがなかったので、奥の森のなかに進んでいった。森には細い散歩道ができていて舗装されているのだが、土や木の枝葉が積もっている。森自体も手入れがされてなく、栗や胡桃やアカシアなどの実生の幼木が、散乱する枯枝や倒木のあいだに伸びている。暗くはないが、倒木などで道が塞がれ、結局あまり奥まで進めなかった。日本でも最近では森や林の手入れがされず、荒れ果てているところが多くなっているが、事情は同じなのかしらと一瞬思った。

しかし、小径を館の方に戻りながら、王政復古となり再び貴族社会が戻ってきた時代とはいえ、スタンダールが書いているような森の逸楽が果たして実際にあったのだろうか、と考えてしまった。そこでは貴族社会がかなり理想化されているように思った。また、バロックの、あるいはロマンチックの影響が、かれのレアリスムを浸しているようにも思われた。

スタンダールがこのアンディイでの滞在の記憶からこの土地を、かれの最初の小説『アルマンス』の舞台に設定したのは言うまでもない。デュラ公爵夫人が書いてサロンで評判になり、アンリ・ド・ラトゥーシュが小説にして発表した『オリヴィエ』(一八二六)をヒントに、かれは物語を作った。しかし、わたしは、かれの頭のなかにはアンディイを描きたい気持ちのほうが先にあったのではないかと思われてならない。それはおそらく『ルーヴェン』の場合と逆であるが、『パルム』の場合とは同じであろう。後者は、『ブリュラール』の続編として、若い日を過ごした北イタリアを舞台とする物語を書きたいという思いの強かった作家に、「ファルネーゼ家興隆の起源」というイタリアの古記録がヒントを与えて、作品ができあがったと断言してもいいのではないだろうか。

この日、Kさん、そのご主人のフランソワさん、そしてわたしの一行は、ブールヴァール・ダンディイに沿ってモンモランシーに出て、さらにセーヌ河近く、アンギャン＝レ＝バンまで下った。湖のほとりのホテルのカフェで、ビールを飲んで一休みし、この日のピクニックを締めくくった。

スタンダールの旅をめぐって——おわりに

（図９）スタンダールのおもな訪問地・滞在地

スタンダールの旅をめぐって

スタンダールことアンリ・ベールの生涯は、十六歳で郷里グルノーブルを出て以来、旅につぐ旅の一所不住の人生であった。青年時代を軍人として北イタリアやドイツを巡ったあと、《亡命者》としてミラノに行き、最後に外交官としてチヴィタヴェッキアに滞在したが、それらの場所に身を落着けたというわけではなかった。かれは仕事で外国に暮らしても、そこに留まることなく、そこからまた各地を訪れるということを絶え間なくしている。公用はさておいて、それは時には恋人や友人に会うためであったり、私的な用事のこともあったりしたが、楽しみのための旅行が多い。その点では、かれは生涯に渉って漫遊者（ツーリスト）であったと言っても過言ではないだろう。

こう記すと、ベールは金と暇のあるいかにもいい身分の人間だったと人は想像するかもしれない。実際、遠縁のピエール・ダリュの贔屓によって一八〇〇年に陸軍省に入り、その後まもなく、かれのもとでナポレオンの第二次イタリア遠征に従軍することで、軍人の経歴を作ることから人生をはじめているが、ピエール・ダリュ（一七六七～一八二九）はのちに陸軍大臣、伯爵、アカデミー・フランセーズ会員となる逸材で、ベールはこの人物を後ろ盾にして大きな恩恵を受けている。かれの場合、軍人といっても、もっぱら後方での糧秣の調達や管理の仕事ないしは経理の仕事だったようだし、イタリアにいた一八〇一年には、十八歳で龍騎兵第六連隊の少尉に任官している。イタリア遠征後は、一時軍務を離れ、パリで俳優のもとに入門したり、女優のあとを追ってマルセイユに出かけたりするが、一八〇六年再び軍務に復帰してドイツ戦線に赴き、翌年には主計官補に任命されている。命令を受けて、ブラウンシュヴァイク、ストラスブール、ザンクト・ペルテン、ウィーンなどに出かけているものの、ついでに出張先周辺を旅して歩き、『恋愛論』に出てくるザルツブルクの塩坑を見学したのも、こうした機会のことであったようだ。そして、一八一〇年には、スペインへの転勤を希望するが認められず、参事院書記官（軍事部門）ならびに帝室資産検査官を命じられる。しかしこれらの仕事への就任によって、それまでの給与にさらに手当が付き、経済的にもいちだんと豊かになった様子がその生活ぶりに見られる。後者の仕事では、ナポレオン美術館（ルーヴル）の目録作製を監督する仕事を課せられ、美術史家のヴィヴァン・ドノンに協力したことが伝わっているが、やはり時間的にも余裕のある仕事であったことはまちがいない。勤務に就いた翌年には、四か月の休暇を得てイタリアに旅行している。

ナポレオン帝政も末期になると、ベールも職務に忙しい。モスクワ遠征では、あとから司令部に合流すると、退却時に食料調達などに従事した。一八一三年にはドイツ戦線に赴き、シャガンの監督官に就任し、またナポレオンが和平案を拒否して対仏同盟軍のフランス攻撃の危険が高まると、元老院議員サン・ヴァリエ伯爵の補佐官としてドーフィネ防衛軍の編成に携わった。しかしそれでも、忙しい合間をかいくぐり、自分の関心に集中することを忘れていない。一三年の秋に三か月あまりを北イタリアで過ごしている。

したがって、一八一四年にナポレオン帝政が瓦解し、四月に給与が停止すると、復古王政に忠誠を誓い、つてを頼って就職運動を展開するがうまくいかず、結局休職手当を当てにする仕儀になる。もっとも、ベールにはグルノーブルで前年に亡くなった祖父アンリ・ガニョンの遺産があり、それを終身年金にして、かれは生活を立て直すことを考える。そして、いわば精神的な亡命者として、ベールにおなじみの愛する土地ミラノへと旅立つ。イタリアはフランスに較べれば生活費は安く、そこでかれの言う倹約の生活に入るが、自由の身になったために旅行癖は少しも収まらない。父シェリュバン・ベールが一八一九年に死去するが、そのわずかの遺産がかれの生活を助けることになる。その一方で、本を書いて何がしかの収入を得ようと、自費で『ハイドン伝』（一八一五）、『イタリア絵画史』

『一八一七年のローマ、ナポリ、フィレンツェ』(一八一七)と相ついで出版したが、最後のものがいくらかの利益をもたらしたにすぎない。一八二一年にパリに戻ってからは、サロンに出入し、新聞や雑誌の寄稿などで文人として活躍しはじめるが、それはかれにいかほどの生活の資をもたらしたろうか。

しかし、一八二三年から翌年にかけてイタリアに旅行、二六年には三か月近くをイングランド旅行、翌年は七月下旬から二八年一月にかけてまたイタリア旅行、二九年は国内旅行という具合に、この文人旅行者は、稼ぎがないにもかかわらず、ホテルや下宿に腰を落着けることを知らない。

一八三〇年に七月革命が起こり、七月王政になるとベールの就職運動が実を結び、第一希望の知事職は得られなかったが、トリエステ駐在の領事に任命される。最終的に、トリエステは当時の支配者であるオーストリア政府からアグレマンが得られず、教皇領であるローマ北の港町チヴィタヴェッキアの領事に納まり、再び国から俸給を受けることになる。かれの休職手当ては二八年に切れていたのである。しかし、領事のかれは任地に落着いていないで、ローマをはじめイタリア各地を旅行し、三三年にはパリで休暇を過ごす。かれは、許可を得ないで任地を離れるために、一度ならず二度までも外務大臣から注意を受けているが、一八三六年には病気を理由に再び休暇をもらい、パリに戻り、実に三年間ものあいだ領事館を留守にする。しかも、この三年間もパリにじっとしていたわけでなく、南仏、ノルマンディ、ブルターニュ、ドイツ、オランダ、ベルギーなどへ数次に渉って旅行をしている。これらの旅行から『ある旅行者の手記』全二巻とその続編の『南仏旅日記』が誕生した。三九年に任地に戻ったベールは、四一年に健康上の理由で再び休暇を申請してパリに戻り、その翌年にこのパリで亡くなっている。

ベールの旅行癖を、いちばん身を落着けていたと考えられる一八一四年から二一年にかけてのミラノ時代について見てみよう。

●一八一四年、かれは八月十日ミラノに到着、その後コントラーダ・ベルジョィヨーゾに下宿を定めるが、月末からジェノヴァ、リヴォルノ、ピサ、フィレンツェ、ボローニャ、パルマと十月中頃まで四十四日間を旅に過ごしている（そのうちジェノヴァでの十九日間をかねてからの愛人であったアンジェラ・ピエトラグルアとともに過ごす）。

●一八一五年は、七月から八月にかけて、一か月をパドヴァとヴェネツィアに旅行。この年はアンジェラとのこともあって、ミラノから離れていない。

●アンジェラが去ってしまった一八一六年は、四月から六月にかけてグルノーブルに帰郷。そののちミラノの住まいをコルシア・デル・ジャルディーノに移している。

●一八一七年は一月と二月をローマ、ナポリで過ごし、四月にはグルノーブルを経由してパリに行き、ロンドンで十日あまり過ごしてパリに戻り、ミラノには十一月も末になって帰っている。
●メチルドと知りあった一八一八年、ベールは妹のポーリーヌの亡夫の遺産相続について相談に乗るためにグルノーブルに短期間滞在し、この年の後半はミラノ周辺のヴァレーゼやコモを歩いている。
●一八一九年は、五月に、寄宿学校に入れていた子供たちに面会にいったメチルドを追ってヴォルテッラに行き、フィレンツェを経由して七月はじめミラノに戻る。そのあと、八月から十月末まで、グルノーブルとパリに出かけている。グルノーブルは六月に死去した父の遺産の処理のためである。
●一八二〇年は、三月にボローニャ、マントヴァ旅行。ほかにパヴィアやヴァレーゼへ出かけているにすぎない。メチルドへの関心がかれをミラノに引き付けていた。
●一八二一年、六月十三日にミラノを引き払うが、パリに向けて出立するまえに十日間ほどコモ湖に遊んでいる。
このように手元不如意の身でありながら、実によく出かけている。用事もあったが、かれが旅に出るのは、金があるからでも暇があるからでもなく、もっと内心で旅を希求するものがあったからにほかならない。職もなく歩きまわっているかれは、一方でミラノの自由主義的な知識人との交友関係もあって、当局からは不審に見られ、密命を帯びたスパイか何かのように誤解されて、ブラックリストに載せられ、その行動がマークされていたのも事実であろう。かれがミラノを去るのは、メチルドへの届かない想いを断念したことと同時に、当局の監視によりミラノに居づらくなったことにも原因があったようだ。さいわいなことに、この時点では、ベールが『一八一七年のローマ、ナポリ、フィレンツェ』というオーストリアのイタリア支配に敵対する書物の著者スタンダール氏と同一人であることは覚られていなかった。

ベールはイタリアの国境をモン・スニ峠、シンプロン峠、ゴタルド峠を通って、あるいは海路によって、往復あわせて二十六回ほど越えている（そのうち一往復二回は遠征軍の一員として、である）が、現代と異なり馬車や船によって長い時間をかけての旅は、大変な疲労と困難をともなうものであり、また国境あるいは市門での出入国検査や税関検査も面倒なものがあった。旅に出るためには、尋常でない覚悟が必要な時代であった。

それにしても、ベールを旅に駆り立てたものはいったい何だったのだろうか。それはやはり知的な好奇心といっていいように思う。軍隊とともに訪れたイタリアを契機として、かれは旅によってさまざまなものに触れて刺激を受け、自己を活性化させていたのだ。このエコール・サントラル出の優等生は、宿や下宿に着くと、読書や執筆に余念なく、かれが読んだ書物は膨大な量にのぼり、また手紙や日記、そして書き残した原稿の量も桁外れである。それらの原稿に較べれば生前に出版され、世に出たものは半分にも満たない。かれは旅の移動のなかで書きながら自己を形成していった。

ベールは訪れる先々、とりわけかれの愛するイタリアで、その風景、習俗、そして人物を観察し、芝居やオペラを観たり聴いたりし、美術を鑑賞する。社会や政治について考察し、自己について反省する。かれは広い世界を見ることによって、より客観的なものの見方、考え方を身につけ、一方でショーヴィニスム（なりふり構わない愛国心）を「控えの間の愛国心」と言って憎み、真のコスモポリタンになっていった。スタンダール＝ベールの書いたものを微細に読まないまでも、かれが国家主義の支配する十九世紀初頭のフランスで、イタリア人のロッシーニを愛し、モーツァルトやシェイクスピアを高く評価し、離婚の自由とともに女性を男性と対等な存在と考えたことなどを見れば、かれの考えがいかに独自なものであったかが明らかである。それらは、かれが自由に羽ばたき、旅をして広い世界を見ていることから出ているのである。

複製時代に生きている現代人は、美術作品は書籍の写真版や映像で、オペラや芝居はテレビジョンやＤＶＤなどの媒体で見ることができ、また音楽はＣＤなどで聴くことができる。しかし、スタンダールの時代には、現場に出かけていかなくては、ほとんど実際に見聞きすることができなかった。その点で、この時代随一の旅行家であったスタンダール＝ベールは、またもっとも多くの芸術作品に実地に触れた稀な作家だったといえるだろう。

ベールが五十九年と二か月の一生で歩いた距離はどのくらいに上るだろうか。ヨーロッパから出たわけではないが、頻繁な行き来によって驚異的なキロ数にのぼるにちがいない。飛行機で東京からパリに行くのとはわけがちがう。かれは地上に足をつけて移動し、その途上にあるものを吸収し、ほとんどその一生を、自分を涵養することに費やした。かれは領事に着任したあと、五十歳くらいから、健康状態もおもわしくなく、自分の生涯を頻繁にふりかえりはじめているが、その肉体とともに精神も路上に倒れるまで休むことはなかった。

スタンダール主要著作一覧

『ハイドン伝』（『ハイドン、モーツアルト、メタスタージョ伝』）（一八一五）
『イタリア絵画史』（一八一七）
『一八一七年のローマ、ナポリ、フィレンツェ』（一八一七）
『恋愛論』（一八二二）
『ラシーヌとシェイクスピア』（一八二三）
『ラシーヌとシェイクスピア（第二部）』（一八二五）
『ローマ、ナポリ、フィレンツェ（第三版）』（一八二七）
『アルマンス』（一八二七）
『ローマ散歩』（一八二九）
『赤と黒』（一八三〇）
『ある旅行者の手記』（一八三八）
『パルムの僧院』（一八三九）
『アンリ・ブリュラールの生涯』（死後出版、一八九〇）
『エゴチスムの回想』（死後出版、一八九二）
『リュシヤン・ルーヴェン』（死後出版、一八九四）
『南仏旅日記』（死後出版、一九二四）

あとがき

『赤と黒』や『パルムの僧院』といった小説で知られるフランスの作家スタンダールは、イタリアを愛し、その《愛》を有名な『恋愛論』やその他の作品のなかで、はっきりと告白している。イタリアの女性、イタリアの音楽、イタリアの絵画、イタリアの気質などなど、かれの愛するイタリアは限りない。わけてもその風土は、「オレンジの木が、鉢植えではなく、大地に植わっている国」として、またイタリアのすべてを育むもとにあるものとして、かれがもっとも愛したものであった。

そんなスタンダールがイタリアを何度となく訪れたことは、かれの生涯の年譜を辿るまでもなく、たやすく想像できる。かれは一八〇〇年にイタリアを知って以来、とくに一八二〇年まではミラノを中心に、イタリア各地を歩いている。

しかし、スタンダールは、愛する土地に旅に出るというよりも、旅が生活だった。一七九九年、十六歳のときに、郷里のグルノーブルを立って以来、一八四二年にパリの舗道上で倒れるまで、かれの一生は旅の連続であった。家を構えて落ち着くことなく、ほとんど宿から宿への生活であった。晩年の十年間は、ローマ北の港町チヴィタヴェッキア駐在のフランス領事であったが、かれはこの町にじっとしていることなく、近くのローマをはじめラヴェンナやナポリ、トスカーナやアブルッツォに出かけ、長期休暇をとってはフランスに戻って、今度はフランス国内だけでなく、ドイツ、オランダ、ベルギーなどを巡っている。

わたしはスタンダールを読みはじめて以来、かれの生まれた町グルノーブルやかれが訪れた町、さらには作品に記している土地に関心を抱き、ヨーロッパに出かけると、機会を捉えてはそうした場所を訪れてきた。そして、時には、その旅にまつわる小文を記し、仲間内の小冊子に発表することもした。本書の「スタンダール紀行」は今から三十五年ほどまえに、はじめてグルノーブル、ミラノ、ローマといった町を訪れたときの感激を記し、その小冊子『飛火《とぶひ》』の創刊号に掲載したもので、わたしには懐かしいものである。また、「イタリア・スタンダール紀行」以下の三篇は、スタンダールのイタリア紀行文を〈新評論〉から翻訳出版した際、いわば調査旅行に出たのを機会に記し、『飛火』に発表したものである。なお、これらを本書に収めるに際し、初出に多少の修正を加えていることをお断わりしておこう。

今回、イタリア紀行文の翻訳出版の縁で、この小さなわたしの紀行文集を〈新評論〉から出していただくことになった。翻訳の出版のときにお世話になった編集長の山田洋氏には、また並々ならぬお世話になった。記して感謝申し上げげたい。

二〇〇七年二月

著　者

初出一覧

スタンダールをめぐる旅　…………書き下ろし（二〇〇六）
スタンダール紀行　…………「飛火」第一号（一九七二）
グルノーブル詣で　…………「飛火」第二九号（二〇〇一）
スタンダールのパリを歩く　…………未発表（二〇〇四）
イタリア・スタンダール紀行　…………「飛火」第一七号（一九九一）
早春のフィレンツェ　…………「飛火」第一九号（一九九二）
ローマ、冬の旅・抄　…………「飛火」第二七号（一九九八）
虚構の町への旅　…………書き下ろし（二〇〇六）
スタンダールの旅をめぐって　…………書き下ろし（二〇〇六）

登場地名一覧（国別五〇音順）

●フランス

アルボワ（フランシュ＝コンテ地方）
アンギャン＝レ＝バン（イル＝ド＝フランス地方）
アンディイ（イル＝ド＝フランス地方）
　ブールヴァール・ダンディイ
アンドル川（トゥーレーヌ地方）
イゼール川（ドーフィネ地方）
イゼール県
イリエ（もしくはイリエ＝コンブレ、オルレアネ地方）
イル＝ド＝フランス（地方）
ヴァランス（ローヌ河畔）
ヴェリエール（架空の町）
ヴェリエール（パリ近郊の森）
ヴェリエール・ド・ジュー（フランシュ＝コンテ地方）
ヴェルジー（架空の土地）
ヴェルジー（ブルゴーニュ地方）
ヴォレップ（グルノーブル近郊）
オーソンヌ（ブルゴーニュ地方）
グランド・シャルトルーズ（ドーフィネ地方）
グルノーブル（ドーフィネ地方）
　ヴィクトル・ユゴー広場
　ヴェルダン広場
　ヴュー・ジェジュイット通り（現ジャン＝ジャック・ルソー通り）
　グランド＝リュ（大通り）
　クール・ジャン・ジョレス
　グルネット広場
　ゴルド広場
　サン＝タンドレ広場
　バスティーユ広場
　フェリックス・ヴィアレ大通り
　フランス門橋
　ブールヴァール・ガンベッタ
　ベール＝スタンダール通り
　モントルジユ通り
クレ（グルノーブル近郊）
コート・ド・ニュイ（ブルゴーニュ地方）
コンブレ（プルーストの作品中の町）
サスナージュ（グルノーブル近郊）
サン＝サンフォリヤン（ブルゴーニュ地方）
サン＝ジェルマン（パリ近郊の森）
サン＝ドニ（パリ近郊）
サン＝ローラン・デュ・ポン（ドーフィネ地方）
シャモニ（サヴォワ地方）
シャンベリー（サヴォワ地方）

ジュラ（山脈）
ストラスブール（アルザス地方）
セーヌ河
ソーヌ川（ブルゴーニュ地方）
ダルネー（ロレーヌ地方）
ディジョン（ブルゴーニュ地方）
ドゥー川（フランシュ＝コンテ地方）
トゥール（ロレーヌ地方）
ドーフィネ（地方）
ドラック川（ドーフィネ地方）
ドール（フランシュ＝コンテ地方）
　アレー・ジャン・モネ
　クール・サン・モーリス
シュヴァンヌ公園
ジュール・グレヴィ広場
ショーの森
セー公園
タヌール運河
ドゥー大橋
パスキエ大橋
ル・パスキエ（地区）
ナンシー（ロレーヌ地方）
ヴュー・ジェジュイット通り（架空の通り）
オー・ブルジョワ街
カリエール広場
クラーフ門
グランド＝リュ
クール・レオポルド
サント＝カトリーヌ門
シタデル門
スタニスラス広場
第二十六歩兵連隊ブールヴァール
トゥルイエ街
プチ・ブルジョワ街
ブードンヴィル（地区）
ペピニエール公園
ポンプ通り（架空の通り）
ルー（群狼）通り
ルポゾワール通り（架空の通り）
ノルマンディ（地方）
バカラ（ロレーヌ地方）
パリ
アンジヴィリエ通り
アンボワーズ通り
イルラン＝ベルタン通り
ヴァレンヌ通り

登場地名一覧

グルネル通り
コーマルタン通り
コロンヴィエ通り
コンコルド広場
サン＝タンヌ通り
サン＝ジェルマン＝デ＝プレ（地区）
サン＝ドミニク通り
サン＝トノレ通り
サン＝ペール通り
ジャコブ通り
シャバネ通り
シャンゼリゼ大通り
ショッセ＝ダンタン通り
セーヌ通り
タレイラン通り
チュイルリー公園
ドーヌー通り
ドーフィーヌ通り
ヌーヴ・サン＝トーギュスタン通り
ヌーヴ・デ・キャピュシーヌ通り
ヌーヴ・デ・プチ・シャン通り
ヌーヴ・ド・リュクサンブール通り
バック通り

パッサージュ・サント＝マリ
バビロン通り
フォーブール・サン＝ジェルマン（地区）
フォーブール・サン＝ドニ（地区）
フォーブール・デュ・ルール通り
フュルスタンベール広場
ブールヴァール・サン＝ジェルマン
ブールヴァール・ポワッソニエール
ブールヴァール・ラスパーユ
ブルゴーニュ通り
ブーローニュの森
ベルシャス通り
ボスケ大通り
ボナパルト通り
ポール＝ルイ・クーリエ通り
ポルト＝ド＝ラ＝シャペル
マザリーヌ通り
メナール通り
モン＝タボール通り
モンマルトル（地区）
ユニヴェルシテ通り
ラモー通り
リシュパンス通り

リシュリュー通り
リュ・ド・ラ・ペ（平和通り）
リール通り
　ルプルチエ通り
ピカルディ（地方）
ビュレルヴィレールの森（架空の森、ナンシー近郊）
ブザンソン（フランシュ＝コンテ地方）
フランシュ＝コンテ（地方）
フランドル（地方）
ブール＝カン＝ブレス（フランシュ＝コンテ地方）
ブルゴーニュ（地方）
ブルターニュ（地方）
ブレ（架空の町、フランシュ＝コンテ地方）
ブレ＝ル＝オー（架空の土地）
ベルフォール（フランシュ＝コンテ地方）
ポリニー（フランシュ＝コンテ地方）
ポンタルリエ（フランシュ＝コンテ地方）
マルジャンシー（イル＝ド＝フランス地方）
マルセイユ（プロヴァンス地方）
マルリ＝ル＝ロワ（パリ近郊の森）
ミュールーズ（アルザス地方）
ムードン（パリ近郊の森）
メッス（ロレーヌ地方）

モンベリヤン（フランシュ＝コンテ地方）
モンペリエ（ラングドック地方）
モンモランシー（イル・ド・フランス地方）
モンモランシー街道
ユール・エ・ロワール県
リュネヴィル（ロレーヌ地方）
リヨン（リヨネ地方）
レ・ゼシェル（ドーフィネ地方）
ローヌ河
ローヌ＝ライン運河（旧ナポレオン運河）
ロレーヌ（地方）

●イタリア

アッシージ（ウンブリア地方）
アペニン（アペニーノ）山脈
アリッチア（ローマ近郊）
アルノ河
アルバノ（ローマ近郊）
アルバノ湖
アルバノ山
アローナ（マッジョーレ湖畔）
アンコーナ（マルケ地方）
　クアトロ・ノヴェンブレ（一一月四日）広場

登場地名一覧

ストラーダ・パノラミカ（展望通り）
　プレビシト広場
イスキア（島）
ヴァレーゼ（ロンバルディーア地方）
ヴァレンナ（コモ湖畔）
ヴェスヴィォ山（カンパーニャ地方）
ヴェッレトリ（ローマ近郊）
ヴェネツィア（ヴェネト地方）
　サン・マルコ広場
　ドガナ岬
　リアルト橋
　リーヴァ・デリ・スキャヴォーニ
ヴォルテッラ（トスカーナ地方）
エミーリャ街道
エミーリャ・ロマーニャ地方
カステル・ガンドルフォ（ローマ近郊）
カゼルタ（カンパーニャ地方）
カターニャ（シチリア）
カプリ（島）
ガララーテ（ロンバルディーア地方）
カンパーニャ地方
グリヤンタ（架空の地名、コモ湖畔）
グリヤンテ（コモ湖畔）

コモ（ロンバルディーア地方）
　マルコーニ公園
コモ湖（ロンバルディーア地方）
コモ支湖（ロンバルディーア地方）
シエナ（トスカーナ地方）
ジェノヴァ（リグリア地方）
シチリア（島）
ストラ（ヴェネト地方）
ソンドリーノ（ロンバルディーア地方）
チヴィタヴェッキア（ラツィオ地方）
チェゼナ（エミーリャ・ロマーニャ地方）
ティヴォリ（ローマ近郊）
デゼンツァーノ（ガルダ湖畔）
トスカーナ（地方）
ドモドッソーラ（ロンバルディーア地方）
トリエステ（フリウリ・ヴェネツィア・ジュリア地方）
トレメッゾ（コモ湖畔）
ドンゴ（コモ湖畔）
ナポリ（カンパーニャ地方）
　ウンベルト二世アーケード
　カヴール広場
　カポディモンテ
　ガリバルディ大通り

ガリバルディ広場
カルロ三世広場
スタンダール通り
テアトロ・ヌオーヴォ通り
トレド通り
トレント・エ・トリエステ広場
フォリア通り
プレビシト広場
ムニチピオ（市庁舎）広場
ネミ湖（ローマ近郊）
パヴィア（ロンバルディーア地方）
バッターリヤ・テルメ（ヴェネト地方）
パドヴァ（ヴェネト地方）
　カヴール広場
　カッサン通り
　ガリバルディ広場
　サント広場
バルビアネッロ岬（コモ湖）
パルマ（エミーリヤ・ロマーニャ地方）
パレルモ（シチリア）
ピサ（トスカーナ地方）
ファエンツァ（エミーリヤ・ロマーニャ地方）
フィウミチーノ（ローマ近郊）

フィレンツェ（トスカーナ地方）
ヴィットリオ・ヴェネト広場
ヴェンティセッテ・アプリーレ（四月二十七日）通り
ヴェッキオ橋
カッシーネ
カント・デイ・ネッリ通り
サン・ガッロ通り
サン・ガッロ門
サンタ・クローチェ広場
シニョーリア広場
自由広場（ピアッツァ・デッラ・リベルタ）
スタンダール並木道（カッシーネの）
ドゥオモ広場
ボボリ庭園
ボルゴ・サン・ロレンツォ
ミケランジェロ広場
ローマ通り
ローマ門（ポルタ・ロマーナ）
フェラーラ（エミーリヤ・ロマーニャ地方）
フォッジア（プーリヤ地方）
フォルリ（エミーリヤ・ロマーニャ地方）
ブリンディジ（プーリヤ地方）
ブレッシャ（ロンバルディーア地方）

登場地名一覧

ブレンタ運河（ヴェネト地方）
ベッラーノ（コモ湖畔）
ベラッジョ（コモ湖畔）
ポー河
ポジリポ（ナポリ近郊）
ポツォウリ（ナポリ近郊）
ボローニャ（エミーリヤ・ロマーニャ地方）
インディペンデンツァ（独立）大通り
カスティリヨーネ通り
カスティリヨーネ門
ザンボーニ通り
ネットゥーノ広場
ポルタ・ラヴェニャーナ（ラヴェンナ門）広場
マッジョーレ広場
モンタニョーラ
マッジョーレ湖（ロンバルディーア地方）
マントヴァ（ロンバルディーア地方）
ミラノ（ロンバルディーア地方）
ヴィットリオ・エマヌエーレ・アーケード
コルシア・デル・ジャルディーノ
コントラーダ・ベルジョイヨーゾ
スカラ座広場
ブレラ街

レプブリカ（共和国）広場
メナッジョ（ロンバルディーア地方）
メレニャーノ（ロンバルディーア地方）
モデナ（エミーリヤ・ロマーニャ地方）
リヴォルノ（トスカーナ地方）
リーミニ（エミーリヤ・ロマーニャ地方）
レゼゴン・ディ・レック（レッコ連峰）
レッコ（ロンバルディーア地方）
ローディ（ロンバルディーア地方）
ローマ（ラツィオ地方）
アヴェンティーノ（丘）
アシナリア門（サン・ジョヴァンニ門）
アッピア街道
アッピア門（サン・セバスチャーノ門）
アルデアティーナ門
アルバニア広場
インディペンデンツァ広場
ヴィスコンティ・ヴェネスタ辻
ヴィットリオ・ヴェネト通り
ヴィットリオ・エマヌエーレ広場
ヴェラブロ（地区）
ヴェラーノ（地区）
エクィズィア通り

エスクィリーノ（丘）
オスティア街道
オスティア門（サン・パオロ門）
カヴール通り
カシリーナ通り
カピトリーノ（丘）
カペーナ門広場
ガリバルディ遊歩道
ガリエヌスの門
カンピドーリョ広場
カンポ・マルツィオ
クリヴィオ・ディ・スカウロ
コーラ・ディ・リエンツォ通り
ゴルドーニ広場
コルソ（通り）
コルソ・マッシモ
コロンナ広場
コンドッティ通り
サヴェッロ公園
サン・グレゴリオ通り
サン・クレメンテ広場
サン・ジョヴァンニ・イン・ラテラノ通り
サン・ジョヴァンニ門（アシナリア門）

サン・セバスチャーノ門（アッピア門）
サン・タンセルモ通り
サン・マルティノ・アイ・モンティ通り
サン・パオロ門（オスティア門）
サン・パオロ門広場
サン・ピエトロ広場
サン・ピエトロ・イン・ヴィンコリ通り
サン・フランチェスコ・ディ・パオラ通り
サン・ロレンツォ門（ティブルティーナ門）
サン・ロレンツォ広場
サンタ・プラッセーデ通り
サンタ・マリア・マッジョーレ広場
ジャニコロ（丘）
ジョヴァンニ・ジョリッティ通り
ジョヴァンニ・ランザ通り
スペイン階段
セッテ・サーレ通り
チェリオ（丘）
チェリモンターナ通り
ティブルティーナ通り
テヴェレ河
ドメニキーノ通り
トラステーヴェレ（地区）

登場地名一覧

ドラベッラの門
トリトーネ通り
ドルススの門
ナツィオナーレ通り
ナポレオン一世広場（ピンチョの）
ノメンターナ通り
バッチョ・ポンテッリ通り
パラティーノ（丘）
パラティーノ橋
バルベリーニ
ピア門
ピアッツァーレ・ロモロ・エ・レモ
ピアッツァーレ・ラビカノ
ピエトラ通り
ピンチョ（丘）
フォリ・インペリアーリ通り
フォロ（フォロ・ロマーノ）
フォロ・アウグスト
フォロ・トライアーノ
フラミニオ広場
プリンチペ・アメデオ通り
ポポロ広場
ボルゲーゼ公園
マッジョーレ門
マルタ騎士団広場
メトロニア門
メルラーナ通り
モンティ（地区）
モンテ・オッピオ公園
モンテ・オッピオ通り
ラヴィカナ通り
ラティーナ門
レプブリカ広場
ロンバルディーア（地方）

●スイス

ジュネーヴ
チューリヒ
ヌーシャテル
バーゼル
ルガーノ
レ・ヴェリエール
ローザンヌ

●オーストリア

ウィーン

ザンクト・ペルテン
ザルツブルク
ハライン（ザルツブルク近郊）

●**ドイツ／ポーランド**
シャガン（シレジア、ポーランド）
ブラウンシュヴァイク
フランクフルト

●**スペイン／ポルトガル**
アルヘシラス（アンダルシア地方）
アンダルシア地方
カタロニア地方
カディス（アンダルシア地方）
カーボ・ダ・ローカ（ポルトガル）
サンチャゴ（ガリシア地方）
トレド（カスティーリャ地方）
バルセロナ（カタロニア地方）

●**ロシア／旧ソビエト連邦**
サンクト・ペテルブルグ
ナホトカ
ハバロフスク
モスクワ

●**その他**
アドリア海
アレキサンドリア（エジプト）
イスタンブール（トルコ）
イベリア半島
ゴタルド峠（スイス・イタリア国境）
シンプロン峠（イタリア・スイス国境）
ティレニア海
ピレウス（ギリシア）
ブリュッセル（ベルギー）
ボスポラス海峡（トルコ）
モン・スニ峠（フランス・スイス国境）
モンブラン（山、フランス・イタリア国境）
ライン河

著者紹介

臼田　紘（うすだ・ひろし）

1940年、東京に生まれる
早稲田大学文学部仏文科卒業
現在、跡見学園女子大学文学部教授
著書
『フランス小説の現在』（共著）高文堂出版社　1982
短篇集『遠い姿』（私家版）林泉書荘　2006
訳書
スタンダール『イタリア紀行』新評論　1990
スタンダール『イタリア旅日記』（全２巻）新評論　1991・92
スタンダール『ローマ散歩』（全２巻）新評論　1996・2000

スタンダール氏との旅　（検印廃止）

2007年３月31日初版第１刷発行

著　者　臼　田　　紘
発行者　武　市　一　幸

発行所　株式会社　新　評　論

〒169-0051　東京都新宿区西早稲田3—16—28
http://www.shinhyoron.co.jp

TEL 03（3202）7391
FAX 03（3202）5832
振　替 00160-1-113487

定価はカバーに表示してあります
落丁・乱丁本はお取り替えします

装　幀　山田英春
印　刷　新　栄　堂
製　本　清水製本プラス紙工

INBN978-4-7948-0728-1

Printed in Japan

スタンダール／臼田　紘訳
イタリア紀行
〔オンデマンド版〕
A5　304頁
4095円
ISBN4-7948-9961-0
〔90, 02〕
【1817年のローマ・ナポリ・フィレンツェ】スタンダールの数多い紀行文の中でも最高傑作として評価が高く，スタンダールの思想・文学の根幹を窺い知ることのできる名著。

スタンダール／臼田　紘訳
イタリア旅日記　I・II
A5　I 264頁
II 308頁
各3780円
I ISBN4-7948-0089-4
II ISBN4-7948-0128-9
〔91,92〕
【ローマ，ナポリ，フィレンツェ（1826）】生涯の殆どを旅に過ごしたスタンダールが，特に好んだイタリア。その当時の社会，文化，風俗が鮮やかに浮かびあがる。全2巻。

スタンダール／臼田　紘訳　A5　I 436頁／II 530頁
ローマ散歩　I・II
I 5040円
II 6825円
I ISBN4-7948-0324-9
II ISBN4-7948-0483-0
〔96, 00〕
文豪スタンダールの最後の未邦訳作品，全2巻。1829年の初版本を底本に訳出。作家スタンダールを案内人にローマの人・歴史・芸術を訪ねる刺激的な旅。

スタンダール／山辺雅彦訳
ある旅行者の手記 1・2
A5　I 440頁
II 456頁
各5040円
1. ISBN4-7948-2221-9（在庫僅少）
2. ISBN4-7948-2222-7
〔83, 85〕
文学のみならず政治，経済，美術，教会建築，音楽等，あらゆる分野に目をくばりながら，19世紀ヨーロッパ“近代”そのものを辛辣に，そして痛快に風刺した出色の文化批評。本邦初訳！

スタンダール／山辺雅彦訳
南仏旅日記
A5　304頁
3864円
ISBN4-7948-0035-5
〔89〕
1838年，ボルドー，トゥールーズ，スペイン国境，マルセイユと，南仏各地を巡る著者最後の旅行記。文豪の〈生の声〉を残す未発表草稿を可能な限り判読・再現。本邦初訳。

大久保昭男
故郷の空　イタリアの風
四六　296頁
1995円
ISBN4-7948-0706-6
〔06〕
「本を愛する若い人々へ　そして昭和を生きた同時代人達へ」。モラヴィアはじめ戦後日本に新生イタリア文学の傑作を紹介し続けてきた翻訳大家の我が昭和，我が友垣，我が人生。

M.マッカーシー／幸田礼雅訳
フィレンツェの石
A5　352頁
4893円
ISBN4-7948-0289-7
〔96〕
イコノロジカルな旅を楽しむ初の知的フィレンツェ・ガイド！　遠近法の生まれた都市フィレンツェの歴史を詳細にまとめ，知りたい人に目線を合わせて書かれた名著。

G.クアトリーリオ／真野義人訳
解説，箕浦万里子訳
シチリアの千年
A5　400頁
5040円
ISBN4-7948-0350-8
〔97〕
【アラブからブルボンまで】征服・被征服の歴史の中で独自の文化を育んできた「地中海の十字路」シチリアの魅力を地元の著明なジャーナリストが描く。解説「シチリア略史」付。

表示価格はすべて消費税（5%）込みです。